面白いとは何か？
面白く生きるには？

森　博嗣

ワニブックス
PLUS新書

はじめに

「面白い」はよく使う言葉だ

「面白い」という形容は、いろいろな意味で使われている。毎日、誰でも何度もこの言葉を口にするのではないだろうか。人にいう場合は、褒めたり、あるいは共感を求めるときに、また自分一人でも、ふと呟《つぶや》きたくなるときに、この言葉が出る。もちろん、それ以外に、皮肉を込めていうときもあれば、喧嘩《けんか》を買うような場合の台詞《せりふ》でも使われる。

だが、基本的に「面白い」は、笑顔を連想させる状況を示している。楽しいもの、好ましいもの、自分が欲しかったもの、満足できるものに対する感想である。

大きく分けると、笑えるような「面白さ」と、笑うわけではないが興味をそそられる「面白さ」があるように思われる。きっちりと分かれてはいないし、両方の要素を持っているものも沢山あるだろう。

「可笑《おか》しい」という意味で使う場合

まず、見ただけ、聞いただけで笑えるようなものを、「面白い」という場合、これは、「可笑しい」と同じ意味だ。

たとえば、漫才や落語などは、笑うことを楽しみにして観るものだろう。笑わせてくれる人に対しても、「面白い人だ」という。逆に、さほど笑えなかった場合は、「面白くなかった」という。漫才や落語に対して、「笑えないけれど、面白い」という評価はあまりない。あくまでも、可笑しさが、面白さとイコールなのだ。

人が笑うのは、泣いたり、怒ったりするよりも良い状態であることは、誰もが知っている。笑っているから良い状態なのではなく、良い状態だから自然に笑う。そういうふうに人間ができている。「笑う門《かど》には福来《きた》る」という諺《ことわざ》があるとおり、幸せを連想させる感情でもある。

「夢中になれる」という意味で使う場合

「面白い」には、それ以外の意味もある。たとえば、なにかに嵌《はま》っている状態のとき、人はそれを「面白い」と感じる。「嵌る」というのは、最近使われるようになった形容だが、「夢中になる」という意味だ。夢中とは、興味が集中する状態であり、ある対象に「興味を持った」ときに、それを、「面白い」と形容することになる。

この「面白い」は、ギャグで大笑いする「可笑しい」とは、明らかに違う。笑顔になることはあるかもしれないが、どちらかというと、知的好奇心を掻《か》き立てられるような場合だ。たとえば、数学の問題やパズルなど、一見難しそうな問題に直面したときにも、「面白い」という人たちがいる。顔は笑っていないかもしれない。真剣に考えようとして、眉を顰《ひそ》めているかもしれない。そんな場合でも、「面白い」という言葉で表現する。「夢中になれそうだ」と感じているからだ。

実際に、その種の問題を解く行為が好きな人も多い。ミステリィに登場する名探偵も、難事件に遭遇し、不可解な状況に直面するほど、「面白い」と呟いたりするものである。

この台詞を聞くと、読者や視聴者もわくわくして、「面白くなってきた」と思うのではないか。

それ以外に「面白い」を使う場合

「面白い」の使い道は、だいたいこの二つに集約されそうだが、実際には少しニュアンスが違う「面白い」もある。たとえば、「珍しい」、「趣《おもむき》がある」、「気持ちが良い」といった意味で、「面白い」というときがある。

コレクションをしている人が、今まで見たことがない品物に出合ったときなどに、目を輝かせて「面白い」と呟く。日本庭園や茶室などで、凝った造形を見て、「面白い」と思う。また、スポーツをして、一息ついたときなどに、「面白い」と感じたりするだろう。

長閑《のどか》な自然の中で写生をするときには、絵を描きながら「面白い」と思うだろうし、登山をしている人は、山頂が近づいてくると、疲労も忘れて、「面白い」と感じる。「面白くない」ことは、人間は続けられない。何度も同じようなことをするのは、「面白さ」をまた味わいたいからだ。

共通しているのは、どれも、自分にとって好ましい状態であること、自分が好む状況になること、といえるだろう。ほかの言葉にすれば、「満足」が近いかもしれない。

「面白い」に似た言葉としては、「楽しい」がある。

人によってさまざまなものを楽しむことができるので、たとえば、「楽しいもの」とは何か、どういう意味なのか、と尋ねられても、簡単に説明ができない。だが、面白いものは楽しいし、楽しいものは面白いものだ。

もっと複雑な「面白い」もある。

たとえば、映画やドラマなどでは、それを見ると悲しくて泣けるようなものがある。あるいは、恐ろしくて、目も開けていられないものもある。さらには、ジェットコースタのように、スリルを味わうための遊具さえある。それに乗っている最中は、笑ってなどいられないのが普通だ。悲鳴を上げて接することにもなる。それなのに、人間は、そういったものまで「面白い」と感じるのだ。

曲折《きょくせつ》した「面白さ」もある

僕は、ミステリィ作家である（これは自称ではなく、そう呼ばれることが多いという意味）。

ミステリィというのは、読者を騙《だま》す仕掛けを持った物語（小説や映画などのフィクション）のことだ。なんとか読者の想像の裏をかき、意外な結果を見せることが、ミステリィの使命である。この場合、読者は予想外のことに出合うのを楽しみにしている。「騙された」と溜息を漏らすことが「面白い」ことなのである。騙されるのは、普通は「悔しい」ことのはずだが、その「悔しさ」も、ミステリィでは「面白さ」になる。笑えたり、興味を持たせる、という単純な「面白さ」ではないように見える。

ミステリィに限った話ではない。小説というのは、「面白い」ことが求められる商品である。読者は、面白い作品を求め、面白い作品を書いてくれる作家のファンになる。したがって、作り手である作家は、常に、「何が面白いのか」「どうすれば面白がってもらえるのか」を考え、頭を捻って作品を執筆している。「こういうものが面白い」と、もし明らかにわかっているなら、是非教えてもらいたい、とみんなが切実に思っているのは、まず確実である。

「面白さ」は、会議からは生まれない

ほとんどの場合、何が面白いかは、多分に「感覚的」なものであって、こうすれば面白くなるという技術的な手法は存在しない。そんなマニュアル化が可能ならば、誰でも人気作家になれるし、今頃、それに従って、ベストセラ小説が量産されているはずである。

何が「面白い」のかが、わかっていれば、こんなに楽なことはない、と考えている人は沢山いるだろう。世の中には、「面白さ」を作ることが仕事の人たちが大勢いる。みんなが試行錯誤して、つぎつぎと新しい「面白さ」を世に問う。

大衆に受け入れられれば、大儲けができるし、一躍人気者にもなれる。でも、けっして簡単ではない。やはり、「これが売れる方法だ」というノウハウは存在しない。

大勢の知恵を集めても実現しない。なにしろ、会議をしても、意見が合わない。わかっているのは、「過去に売れたもの」がある、というデータだけだ。それと同じことをすれば、また売れるという保証はない。「面白い」ものも、同じものでは厭きられてしまう。

知恵を集めても解決しないのは、個人によって「面白さ」が少しずつ違うからだ。となると、最終的には、個人の感覚を頼りに手探りで求めるしかない。実際、過去のヒットは、そんなふうにして生まれている。

アートとエンタテインメントの違い

自分が「面白い」と思うものを作るのは、比較的簡単な作業である。これを実行しているのが、芸術家だ。アートというのは、基本的に個人の「面白さ」を形にする行為であり、それを評価するスポンサを一人見つければ、その作品が売れる。これが、アーティストの仕事の成立条件だ。

エンタテインメントと呼ばれる分野でも、アーティストという呼び名がときに用いられるけれど、この場合は純粋なアートではない。何が異なるのかといえば、受け手が大勢になる、という点だ。

音楽や小説や映画などは、その作品を大勢が「面白い」と感じることが大前提だから、作り手は自分が「面白い」と思うものを作れば良い、というほどシンプルではない。大勢の人たちが、商品を買ってくれるのだから、大勢が何を求めているのか、大勢に注目されるにはどうすれば良いのか、と考える必要がある。これは、一般のメーカが商品開発を行うときと、ほとんど同じだと考えられる。

「面白い」という機能の曖昧さ

商品であれば、「役に立つ」ことが第一の機能といえる。これは「面白い」に比較して、具体的でわかりやすい。目的が明確だから、それを見定めて商品を作れば良い。

エンタテインメント商品の機能は、「面白い」ことだが、この機能は、茫洋《ぼうよう》としたものであり、少なからず抽象的である。何をどうすれば「面白い」のか、と、制作者は悩み続けることになるだろう。

一例を挙げると、小説が大好きで、沢山の小説を読んでいる人が、自分も小説家になりたいと決意し、執筆活動を始め、作品を書き上げて出版社に送ってくる。新人賞などにも応募がある。ほとんどのアマチュア作家は、もとは小説の読者だった人たちだ。彼らは、面白い小説を沢山読んでいて、何が面白いのか知っている人たちのはずだ。それなのに、ほとんどの人は、デビューができない。作家になれない。何故だろうか？「面白さ」を知っていても、それは曖昧さを包含《ほうがん》している。つまり、知っていても、それを作ることができない。

「才能」とは何か？

よく聞かれる理由として、「才能がない」というものがあるが、これは具体的にどういう意味なのか、僕にはわからない。何の才能がないのだろうか。文章は書ける。たとえ間違った文章でも、編集部が正してくれるし、技術的な問題は指導もしてくれるだろう。そんな問題はまったくの小事だ。作家になれないのは、技術的な問題ではない。理由は明らかで、作品が「面白くない」からである。「才能がない」というのは、「面白いものが作れない」とほぼ同義である。

極端な話、文章などむちゃくちゃでも、面白ければデビューできる。そういう作家も現に沢山出ている。小説というものは、面白ければなんでもありなのだ。

出版社に勤めていて、小説を扱っている編集者は、何故小説家にならないのだろう？彼らはほぼ例外なく高学歴であり、文章を書く能力を確実に持っているし、どんな小説が当たるのかも経験的に知っている。もしベストセラ作家になれるなら、出版社の給料よりも稼ぐことができるだろう。もちろん、編集者出身の作家は、現に何人もいるにはいるが、しかしほんの一部であり、百人に一人もいない。

「面白さ」の設計図が描けるか?

もっと注目すべきことがある。

編集者の中には、数々のヒット作を手がけた、いわゆるカリスマ編集者と呼ばれる人たちがいる。大勢の才能を見出《みいだ》したことが彼らの業績である。つまり、応募してきた作品や作家に注目し、「これは売れる」という目利きができた。言い換えれば、「面白い」ものを誰よりも知っている人たちなのだ。でも、そういう人が自分で小説を書き始めることはまずない。僕が知っている範囲では一人もいない。面白いものがわかっていたら、すぐにも書けそうなものだが、どうしてできないのだろうか?

そんなカリスマ編集者と話をしたことが何度もある。たしかに彼らは目利きができる。面白い作品が出てきたら、ぴんとくるものがあるそうだ。一目見て、その判定ができる。けれども、そうでない作品に対して、何がいけないのか、どう直せば良いのかは、的確に説明ができないという。

技術的なことや、間違いを正すことは簡単だが、面白さが足りない理由を、具体的に説明できない。こういう作品を書いてほしい、と詳細に述べることもできない。設計図さえあれば、ものを作ることは可能だ。しかし、面白さを知っている人でも、そういった設計図が描けるわけではないのである。

「面白さ」は、偶発的なものか?

では、「面白さ」とはいったいどういうものなのか?

世の中には、「面白い」といわれているものが沢山ある。それらは人気を博し、多額の利益を生産者にもたらした。面白いものさえ作れば、成功者になれる。

こういった「面白さ」の成功例を「ヒット作」と呼ぶ。人気が出ることを「当たる」と表現する。すなわち、なにか偶然性のようなものが作用している、と認識されているのだ。そうなるのは、具体的に「面白さ」が何かを示せないし、誰も確実に再現することができないからだ。

本書の内容について

本書は、この難題「面白いとはどういう意味なのか」について書かれている。詳しく考察しているわけではなく、データに基づいて分析したわけでもない。「面白さ」について、僕が思うところを素直に述べただけだ。

また、後半では、「面白く生きる」ことについて書かれている。これも、具体的な生き方のノウハウなどは出てこない。非常に抽象的な記述になっている。そうなる理由は、「面白さ」が曖昧であり、個人的であり、そもそも抽象的にしか把握できないものだからである。

もし、「面白さ」とはこうだ、こういう手順で作れ、面白く生きるにはこうしなさい、面白く生きるコツはこれだ、などと具体的に書かれているものがあったら、まずまちがいなく役に立たないだろう。それは、「面白さ」を見縊《みくび》っているといえる。その程度の面白さは、僕は「面白い」とは思えない。

だから、そういった具体的な期待をしないように、ここでお願いをしておく。あくまでも、あなたの「面白さ」は、あなたしか作れないものだからだ。

僕自身について

僕は作家であり、「面白い」ものを作る作業を仕事にしているけれど、しかし、大当たりするような作品を書いたことは、残念ながら一度もない。そこそこのヒット作しかない、わりとマイナな作家として位置づけられているだろう。

こうなったのには理由がある。まず、僕はメジャなベストセラが嫌いで、みんなが面白いと思うものを、面白がれない人間である。天《あま》の邪鬼《じゃく》だといっても良い。僕が面白いと思えるものを、みんなは面白くないという。その確率が非常に高い。したがって、僕は自分が面白いと思えるものを優先せず、みんなが面白いと思うだろうものを書くようにしている。仕事なのだから、当然だろう。でも、自分では全然わからない領域なので、メジャは狙えない。まあまあの人数の人たちが面白いと思えるものを手探りで書いている、といって良いだろう。

今という時代について

ヒット作がないのには、もう一つ理由がある。それは、かつてほど大勢が一つのものに集中しない時代になったということ。ベストセラといっても、そもそも小説自体が超マイナなジャンルになってしまった。十万部も売れるような作品は滅多にないが、それだけ売れたとしても、日本人の千人に一人が読む、という程度の数字なのだ。テレビの視聴率みたいに数字にしたら、〇・一パーセントになる。この程度ではたちまち番組は打切りだろう。

たまたま、小説は制作費がかからないという強みがあって、一万人の読者がいれば、なんとか仕事になっている。なかなか一万部だって、売れない時代なのである。

ある意味、「面白さ」の不況といえる。みんなが、どうすれば「面白い」ものが作れるか、と日々考えていることだろう。もしそれがわかったら、人にノウハウを教えるような真似はしないはずだ。自分でそれを作って大儲けすれば良い。

具体的にではなく抽象的に

「面白い」が何かということは、ぼんやりとしか論じられない。具体的なディテールを示せても、すべてが過去の「面白さ」の分析になり、同時にそれは、「既に面白くなくなったもの」でしかない。

あるいは、「こういうものが面白い」と具体的に示せるものは、既に存在する「面白さ」であり、それを作ることは人真似になるし、著作権の侵害として訴えられることになりかねない。「面白さ」は、具体的になると、法的に守られた価値なのだ。「抽象的」というと、「わかりにくい」という意味に受け取られるかもしれないが、実は、面白さを作り出すには、この「抽象的な思考」が非常に重要になる。「なにか、こんな感じのものを」というフィーリングが、面白さをクリエイトする基本的な姿勢だからである。

本書では、「面白さ」が何なのか、どうやって生まれるのか、というメカニズムを考察し、それを作り出そうとしている人たちのヒントになることを目的として、大事なことや、そちらへ行かないようにという注意点を述べようと思う。

　同時に、「面白さ」を知ること、生み出すことが、すなわち「生きる」ことの価値だという観点から、「面白い人生」についても、できるだけヒントになるような知見を、後半で言及したい。

　そのヒントを知ったら、面白いものが作り出せる、面白い人生が歩める、という保証はない。だが、なにもしなければ、面白くはならない、ということだけは自信をもっていえる。

二〇一九年一月　森　博嗣

目次

はじめに　3

第三章 「興味深い」という「面白さ」

第四章 「面白い」について答える

おわりに　240

第一章　「面白い」にもいろいろある

「面白い」と感じる人間が凄い

小説という限られたジャンルの中でも、面白さにはいろいろな方向性がある。ある一人の作家の作品でも、面白さは一種類ではない。ある作品は、読むだけで笑いが込み上げてくるようなコミカルなものだったのに、別の作品では、シリアスな問題を扱った内容で、けっして笑って読めるものではなかったりする。

それどころか、ある一作の中でも、笑える場面があり、また泣かせるシーンもある。そのどちらに対しても、「面白い」と読者は感じることができる。これ自体が、人間というものの凄さを示している。

またあるときは、感情は揺さぶられないけれど、生き方に対する真面目な議論を投げかけてきて、考えさせられるものもあるだろう。さらには、読んでも何がいいたいのか、わからなかったりするのに、それでも、なんとなく美しさが感じられたり、これまでに接したことのない新しさに気づかされたりすることもあるだろう。このようなものにも、「面白い」と感じる人はいる。

人間は、いろいろいるし、また個人の中にもさまざまな価値観が混在し、非常に複雑に絡み合った反応をする。それなのに、大勢が同じものを「面白い」という現象が観察されるのは、とても不思議なことだ。この「共感」も人間の凄さの一つかもしれない。

たまたま作家になってしまった

作家をしていると、読者がどう感じたかを知ることができる。今はインターネットがあるので、そういった声が直接届くようになった。よく観察される「ズレ」として、読者に「これは作者が楽しんで書いている」と感じさせる作品が、むしろ書くのが大変で、作者は全然楽しくない、という事実がある。逆に、「精密に考え抜かれたストーリィだ」と読者が感じるものが、実は書くのが簡単だったりする。

僕は、ミステリィでデビューをしたのだが、もともと小説など書いた経験がない人間だった。それどころか、小説を読む趣味もなかった。当然ながら、小説家になろうと思ったことなど、子供のときから一度もなかった。それが、三十代の後半になって、たまたまバイトのつもりで書いてみた小説を出版社に送ったら、編集者が「本にしたい」と連絡してきたのだ。

新人賞などに応募したわけでもない。一作書いたあと、出版社へ送るにはどうすれば良いのかと思案し、書店で小説雑誌を探してみた。すると、編集部の住所が載っていたので、そこへ送ってみることにした。

ミステリィを選んだ理由

ミステリィを書いた理由は、この種の小説は、構造がだいたい決まっているので、書きやすいと思ったからだ。なにしろ、小説など書いたことがないから、どうやって話を作れば良いのかもわからない。ただ、小説を読んだことはあったので、小説がどんなものかくらいは知っていた。学科の中で国語が一番苦手だったけれど、少なくとも日本語の文法は学校で習っていたし、ワープロで打てば漢字が書けなくても変換してくれる。小説は、職人の技のように、弟子入りしてノウハウを学ばなければならないわけでもないだろう。誰にでもすぐに書けるものだ、と思っていた。ちょっとしたバイト感覚で、まずはこれを試してみようかな、と思いついて始めたのである。

ほかのジャンルの小説だったら、読者が「面白い」と感じるものを書かなければならない。そうしないと、最後まで読んでもらえないし、悪い評判が立てば売れなくなる。それ以前に、編集者が駄目だと判断して、本にはしてもらえないだろう、と想像ができた。

ミステリィは、謎が提示され、最後には意外な展開があって、その謎が解ける、という構造を持っている。謎があれば、読者は答を知りたいから、最後まで読んでくれる。したがって、トリックや意外性を考えれば良い。クイズを作るようなものだし、ある意味、数学の問題を作るような作業である。実は、僕は大学の工学部の教官だったので、数学や物理の問題を作ることは何度も経験していたのだ。

クイズというのは、一定数の人たちが「面白い」と感じるジャンルである。数学の問題を解くことを趣味にしている人もいる。解けるのが面白いし、また、解けなくても不思議であれば、それもまた面白い。

ミステリィの面白さは、小説の面白さに比べて、非常に特定的というか、狭い範囲に的が絞られているから、その面白さを作る側にとっては、何を考えれば良いのかが明確で取り組みやすい、と僕は考えたのだ。

ミステリィの次に来る壁

それで、小説を書いてみたら、あっという間に小説家になってしまった。ここで、僕は次の壁を破らなければならなくなった。何故なら、同じミステリィのジャンルで作品を発表し続けることには限界があるだろう、と思えたからだ。デビューまえから、それについて、打開策を考えた。

ミステリィの面白さは、一言でいえば「意外性」である。読者が予想もしなかった展開を見せることが、ミステリィの面白さである。しかし、僕がデビューする以前からミステリィは沢山存在するわけで、それらの古典というか名作がいずれも健在だ。小説というのは、古くならない商品なので、過去の作品はコンテンツとしてずっと蓄積している。新作は、それらと競合することになり、よほど面白いものを書かないと、商品としての価値が認めてもらえない。

だから、とりあえず二十作ほどミステリィを発表したあとには、違うジャンルの本を作らなければ、仕事として続かないだろう、と予想した。

そこで考えたのが、小説の「面白さ」とは何だろうか、という問題だった。ただし、小説家として数年過ごすことで、以前の僕のように、小説のことはほとんど知らない素人ではなくなっていた。少なくとも、自分の作品を読んでくれた読者が何万人もいるわけだし、また、多くの編集者とも話ができて、どんな作品が市場で望まれているのか、すなわち「面白い小説とは何か」ということを抽象的に知ることができた。それさえ知れば、あとは、自分なりに具体化していく作業をするだけだ、という立場だったのである。

ユーザの反応が見える時代になった

作家になって、自分が作ったものに対する感想を知ることができる立場にもなった。ちょうどネットが普及し始めた頃に僕はデビューしたので、読者の生の声が自然に耳に入った。それまでの小説家には、なかった環境である。

ファンレターというものは以前からあったので、好意的な感想はある程度は知ることができたはずだ。だが、批判的な意見というのは、評論家の意見しかないし、評論家もそれほど悪口は書かないものだ。作品を読んで、面白くないと思った読者は、わざわざ手紙を書いてこない。売れない作品のどこがいけないのかも、わからないのが普通だ。

とはいえ、読者の反応が正解かどうかは、まったく保証されていない。多くの批判は、おそらく見当違いだろう。なかには、読解力不足で誤解している人もいるはずである。それに、そもそも面白いかどうかは、読んだ人の感性に支配された判断なのだから、一般的なものとはなりえない。

ただし、それが多数になって、どういう意見が多いのか、という傾向は、一つの事実と受け止める必要がある。個々の意見に左右されず、全体像を把握することが重要だ。このような観察において、最も重視すべきなのは反応の数、すなわち数字である。

「面白さ」は集計できるか?

たとえば、僕の場合でいえば、本の売行きが一番信頼性のある数字である。今はネットを見ていれば、売行きのランキングも毎日観察できる。何が影響するのかも、これらの変化を観察していれば、かなり精密な分析ができる。

面白い例を挙げよう。ネット販売のＡｍａｚｏｎには、商品に対して消費者が評価をするシステムがあり、この集計結果が表示されている。☆五つが高評価になる。大勢の人がこれをわざわざ入力しているので、商品を買おうか迷っている人には参考になるかもしれない。ただし、性能がすなわち商品の価値であるような製品ならば、誰が評価してもだいたい同じになるかもしれないが、ある人には役に立ったが、別の人には役に立たなかった、という場合も当然ある。使用する目的が合致しているかどうかで、評価が違ってくるからだ。そういった要素もひっくるめて採点してしまうから、数字の信頼性は下がる。

特に、小説などのエンタテインメントは、個人の感性に合致するかどうか、すなわち「面白さ」が評価基準だから、読者によってさまざまに感じられるはずだ。みんなが良いというものが無条件に好きだ、という人ならば多少は参考になるかもしれないものの、自分の感性は一般大衆と少しずれている、と感じている人には、まったく意味がない数字になってしまう。

評価点が高いものほど売れない?

Ａｍａｚｏｎの評価点と本が売れた部数の相関を調べたことがある。売れた本の部数がわかるのは、自分の本だからだ。こういった観測は作者しかできない。それによると、驚いたことに、「負の相関」が顕著だった。つまり、Ａｍａｚｏｎで評価が低いものほど、売れているのである。

どうしてこんなことになるのかというと、売れていない本ほど、熱心なファンが割合として多く買っているから、評価が高くなる。売れる本は、好意的でない人にまで広く知られる結果になるので、マイナスの評価をする人の割合が増える、ということだ。理屈がわかれば、当たり前のことだが、評判の良いものは売れている、つまり「面白い」ものだ、と勘違いする人が多数いるはずである。

自分以外の人の意見を聞く、という姿勢は大事ではあるけれど、それは自分が何を求めているかによる。大勢が好むものを求めているのなら、参考にすれば良いし、多く売れているものが欲しいのなら、むしろ世間の評判の逆を選択した方が確率が高い、という場合だってあるということ。

最近流行の「面白さ」は「共感」

ビジネスとしては、少しでも沢山売ることが成功となる。それを目指すには、現代の大衆は、どんなものを「面白い」と感じるのか、という話になる。もちろん、既に書いたように、その明確な答は存在しない。何が当たるのか、わからない。それでも、幾つかの傾向を挙げることは可能である。

まず、最近の「面白い」といわれるものに目立つのは、「共感」だろう。

作品に接したときに、「ああ、そうだよね」「それ、わかる」と頷けるもの。自分も同じことを考えていた、同じことを経験したことがある、それを自分も知っている、その気持ちが自分にはよく理解できる、というような意味で、「共感」という言葉が、とてもメジャになった。感動するものは、すべて「共感」だといいきっている人もいるくらい、これが流行っているようだ。

おそらく、ネット社会になって現れたものだろう。みんなの動向が伝わるようになったからこそ、みんなが同じように感じている、という幻想を見られるようになった、ともいえる。そう、僕はそれは幻想だと思っている。

みんなが「面白」ければ「面白い」

もともとは、そういったほかのユーザ（読者や視聴者）の動向に対して共感するしない、ではなかった。そうではなく、作品の中のキャラクタに、受け手個人が共感したのだ。そこで描かれた心情が、「身に染みて」わかるような状況を「共感」といった。楽しさ、寂しさ、悔しさ、悲しさ、あるいは怒り、憤りのようなものが心に伝わってくる、という意味での「共感」だったのだ。

それが、子供のときからネット社会で育った世代は、「みんなで感じる」という意味で「共感」という言葉を使っている。穿《うが》った見方をすれば、自分で感じたいのではなく、感じることで他者とつながりたい欲求が優先されている。そうなると、みんなが笑うから可笑しい、みんなが泣くから感動できる、という価値観になる。その結果、ネットの評価に過敏になったり、「いいね」の数を気にして、日常生活にまでその影響が表れる。

良い悪いはさておき、このような人が大勢になった社会では、「面白い」ものは、ある程度は宣伝によって作られるといっても良い。つまり、評判が良いものが「面白い」と感じられる指標になるのだから、作る側は、「面白い」ものよりも、「評判を良く」する工夫を優先するようになる。

「共感」重視で「面白さ」を見失う

製品であれば、優れたものが売れるのではない。評判が良ければ売れる、という商売になる。こうなってしまうと、開発や製作費のうち多くを宣伝費に投入する方針になりやすい。宣伝に使われた分は、つまり製品の品質が低下すると考えても良いだろう。そういうものを、大勢が買わされていることになりかねない。

このような最近の「共感」は、むしろ本当の「面白さ」を見失う要因となっているだろう。既に、なんとなくそうなのかな、と気づき始めた人も多く、ごく最近では、宣伝が効かない社会にもなりつつある。マスコミが取り上げ、評判が良いと聞いて入手したものが、それほどでもなかった、との経験を重ねてきたため、宣伝を信じない人が増えているからだ。

それ以前からあった「共感」を前面に出した手法も、パターンがお決まりのものになりすぎて、今や効かない手法といっても良いだろう。

たとえば、一時期は、ペットが登場するものが流行した。動物が登場し、飼い主との間の愛情が描かれる。これらは、家族愛や恋愛がパターン化してしまったため、子供が主役となるような物語が増えた過去の流行にも類似していた。

今はこれが「面白い」となると、みんながそれに沿ったものを作る。このため、あっという間に需要を供給が上回ってしまい、厭きられてしまうのだ。

「お涙頂戴」が多すぎないか？

そもそも、「共感」で最も簡単なのは、涙を誘う手法である。これは、人間に共通した観念として、喪失すること、離別することが「悲しい」ものだという感情があるためだ。これに比べると、「可笑しい」ものははるかに複雑である。怒りも、個人によって、その根拠となるものがさまざまだ。

「悲しみ」は、なにかを失くす、人やペットと死別する、というだけで、誰でも泣いてくれる。フィクションを作る側としては、これほど簡単なものはない。

この頃では、「感動」という言葉も、「面白さ」の重要なファクタとなっている。もちろん、面白ければ感動する。だが、近頃の「感動」は、ただ「涙が流れる」ものに限られているように思える。しかも、悲しみで流れる涙という、一番単純な涙しか注目されていないようだ。

面白さに、いろいろなバラエティがあるように、涙にも、いろいろな涙がある。たとえば、美しい夕焼けの空を見ただけで、涙が流れることだってある。これは悲しいからではない。人間はそれほど単純ではないはずだ。人が死ぬから涙が出て、それが「感動」だ、というシンプルなエンタテインメントばかりの環境で育つ子供たちは、個人の感受性というものが薄っぺらくなりはしないか、と心配になるほどだ（ただし、僕自身の損得には無縁なので、文句をいう筋合いではない）。

「新しい」ものは「面白い」

さて、「共感」だけが「面白さ」ではない、ということを示すために、いろいろな「面白さ」を挙げていこう。

まず、僕が一番に思いつく「面白さ」は、別の言葉にすると「新しさ」に近いもののように感じる。今までになかったもの、これまで考えたことがなかったもの、一般的に認識されているところから外れているもの、などである。

「新しい」といっても、最近作られたばかりだ、という意味だけでは当然ない。古くから存在したものであっても、それに接する個人が「こんなの初めてだ」と感じれば、その人にとっては「新しい」ものになる。つまり、その人の頭の中にインプットされて、そこで作られるイメージが「新しい」のだ。

もちろん、「新しい」だけで、即「面白い」わけではない。新しいことが、面白いことの一つの要因となっているというだけで、それ以外にも「面白さ」を成立させる条件がいろいろあるだろう。ただ、その中でも「新しさ」は際立っているように感じる。まちがいなく最重要であり、しかも、「新しさ」が計算の結果生み出すことが難しい対象でもある点にも着目したい。

計算で生み出せない「面白さ」

計算で生み出せないとは、時間や労力をかければ必ず答が導き出せるわけではない、という意味である。なんらかのインスピレーションがあって、初めて生まれるものなのだ。したがって、「これこれこうした方法で考えれば良い」という手法がない。感覚的な方法で作られるので、他者に言葉で伝達できない。どうやったら、それを思いつけるのか、それができる本人でさえ説明ができないのだ。

こういったものは、非常に多い。マニュアルにならない技術というものが存在する。一般に「職人芸」などとも呼ばれている。

たとえば、その人が出てきて、ちょっと話をするだけで、大勢が笑顔になる、そんな「面白い」人がいる。その人の言動をデータ化し、ロボットにインプットして、まったく同じ話し方、同じ動作を再現しても、きっと誰も笑わないだろう。どこか本物とは違う、と確実に見抜かれる。

では、どこが違うのか。何がデータとして不足しているのだろうか。

それらが、すべて完全にデータ化され、完璧なロボットがいずれは作られるかもしれない。その「面白い」人のコピィが誕生する。ここまでは可能だ。

しかし、その人とは違う「面白い」人は作れない。どうすれば、新しい「面白さ」を生み出すことができるのかは、やはり、わからない。手法がない、計算方法がない、といっても良い。

「面白い」と感じる好奇心

人間は、そもそも「新しい」ものが好きだ。これは「好奇心」と呼ばれる性質でもある。見たことがないものに近づき、手を出して、触りたくなる。多くの動物にも、好奇心はあるにはあるが、人間ほどではない。自然界の動物は、新しいものをむしろ避ける。危険なものかもしれない、と判断するためだ。

好奇心旺盛なのは、子供や若者であるが、人間の場合は、かなり老年になっても、それを持っているようだ。なかには、もう新しいものはいらない、今のままで良い、と頑《かたく》なになる老人もいるようだが、いくつになっても、自分の好きな分野では、新しいものに手を出したがる。ただ、比較をすれば、そういった傾向は、やはり歳とともに衰えるように観察される。

「新しい」ものの「面白さ」に若者は敏感であり、年寄りは鈍感だといえるだろう。この傾向からすれば、歳を取るほど、「面白い」ことは減っていく道理になる。これは、ある意味でしかたがない。なにしろ、経験を重ねるほど、その人にとって「新しい」ものが減っていくことは必然であり不可避だからだ。「それは、もう知っている」「試したことがある」という境地に達してしまう、ということだろう。

可能性や成長の「面白さ」

若者や子供は、新しいものに目を輝かせる。「面白い」というよりも、「可能性」のようなものに惹《ひ》かれているのかもしれない。つまり、「面白そうだ」という感覚である。面白いかどうかは、試してみないとわからない。だから「試してみたい」との欲求である。

子供が、なにを見ても、「やらせて」とせがむのを、大人は知っている。逆に、大人になるほど、手を出してみても、自分の得にならない、という悟《さと》りを開いてしまうのだろう。

子供は「無知」であるから、知らないことが周囲に沢山ある。それらを知ることが、「面白い」のだ。おそらく、知識を得ることで自身が有利になれるとの「予感」があるためだろう。知らないよりも知ることは有利だ。他者との競争にも勝てるし、自身の将来の可能性を広げるだろう。つまり、好奇心とは自分が「成長」するイメージを伴うものである。

この自身の「成長」が「面白い」と感じられるのは、躰を鍛《きた》えたり、技を磨《みが》くための練習が「面白い」ことにもつながる。いずれ得られる満足を予感させる「面白さ」といえるものだ。

これらの「新しさ」が、「面白さ」の鍵になることは、非常に重要なので、これについては、さらに掘り下げて、後述したい。

動物は、未来を予測する

「新しさ」に含まれるのかもしれないが、「意外性」というものも、「面白さ」を誘発する要因、あるいは条件といえるだろう。僕は、ミステリィを書いているので、これを常に意識している。

「意外性」というものが存在するのは、人間が未来を予測するからだ。人によって予想の範囲や緻密さはさまざまだが、誰でも、今後どうなるのか、ということを意識的に、または無意識のうちに頭に思い描く。この行為自体が、人間の特徴でもある。

動物でも、この種のことはある。例を挙げよう。僕の奥様（若い頃に苦労をかけたため、あえて敬称で書かせていただいている）は、毎日、近所の夫婦と犬が訪れるのを待っている。うちにも犬が何匹かいるので、犬たちもこれを楽しみにしている。また、奥様は、そのときにビスケットをポケットから出して、犬たちにあげることにしているので、それを覚えた近所の犬は、うちへ来たくてしょうがない。近づくと、自分から庭園内に入ってくるようになった。うちの犬たちも、友達が来ることをとても喜んでいる。

何故なら一緒にビスケットがもらえるからだ。

最近、その様子を眺めていたら、近所の犬がまだ百メートルほど離れているのに、うちの犬たちは早くも発見し騒ぎ始める。そして、大喜びして、奥様の前におすわりしてじっと顔を見る。一匹は立ち上がって、奥様のポケットに鼻を突っ込む始末である。

最初の頃は友達の犬が来ることを楽しみにしていたのだが、今では、友達を歓迎するよりもビスケットの方が優先になった。犬でも、これくらい未来を予想している、ということだ。

「意外性」の「面白さ」は知性による

「意外性」とは、その人が思い描いていない未来が訪れることだ。これは、普通は「面白い」ことではない。もし、ビスケットがもらえなかったら、犬はがっかりする。いったい何が起こったのか、と途方に暮れる結果になるだろう。人間の場合も、想定しない事態が発生することは、歓迎できる状況ではない場合が多い。特に、予期せぬトラブルなどは困る。というよりも、想定外の悪い事態をトラブルと呼ぶのである。

ところが、その意外性が、「面白さ」になる。ここは、さすがに犬ではなく人間だから、といえるかもしれない。すなわち、「意外性」の「面白さ」を理解するには、ある程度の思考力や知性が要求される。

突拍子もないことが起こると、人はまずは驚く。意外なことに対しては、びっくりするのが最初の反応だろう。しかし、それが「面白さ」に変化する。たとえば、ギャグの中には、この意外性がある。変なことを言うな、という驚きがある。もちろん、定番になって、来るぞ来るぞと期待したところへ出てくるギャグもあるが、慣れてしまうと、普通は笑えなくなるものだ。これは、意外性がなくなるからにほかならない。

「思いどおり」か「思いのほか」か？

「面白さ」というのは、このギャグからもわかるように、意外性のあるものに感じることもあれば、自分が思ったとおりになったときにも感じられる。両者は相反する条件なのに、いずれも「面白さ」がある、という点は、非常に不思議だ。

同じことを繰り返して「面白さ」を感じるのは、どちらかというと動物的である。何故なら、犬を観察していると、同じような遊びを繰り返すことが多い。ボールを投げれば、走っていき、それをくわえて持ってくる。何度もそれをしたがる。面白いと感じていることは確実だ。一方で、同じことに厭きてしまうのは、人間に多く見られる傾向といえるだろう。もっと違う遊びがしたい、と人間の子供だったらいいそうだ。

ミステリィのトリックやどんでん返しは、読者を楽しませるアイテムといわれている。ミステリィが好きな人は、「意外性」を求めて読むことが多い。本を読みながら、自分でも推理をしてみる。いわば、作中の探偵役に挑戦しているような形になる。そして、どちらかというと、自分の推理が当たっていた場合よりも、推理が外れて、意外な結末になった作品を「面白い」と評価する傾向にある。

簡単に結末がわかってしまうミステリィは、面白い作品だとはいわれない。ここが不思議なところで、問題が解けたという快感よりも、解けなかった方が「面白い」と感じるのだ。

ぎりぎりで「意外」なものが「面白い」

もっとも、もう少し詳しく考察すると、ただ謎が難しければ良い、ということでは全然ない。解けない問題はいくらでも作ることができる。だが、難問では、答を明かしたときに「意外性」を感じられない。「いくらなんでも、そこまでは考えられないよ」と思われては、「面白い」にはならない。

たとえば、犯行が不可能と思われた殺人事件の犯人が、透明人間だった、という小説ではお話にならない。これは「意外性」としては充分にあるはずだが、認めてもらえない。思いもしないものだからといって、すべてが「面白い」わけではないのだ。

答が明かされたときに、「ああ、そうか」という納得が得られなくてはいけないし、さらには「それは思いつかなかった。でも、いわれてみれば、そうだな」というように、手が届くところに答があったけれど、ちょっと方向がずれていた、というような「ぎりぎり」の感覚が求められるのだ。野球でいえば、コースを大きく逸《そ》れた明らかなボールを投げても空振りは誘えない。ぎりぎりストライクか、というボールを投げるから、三振が取れる、といったところだろうか。

誰も解けない難しい問題を作ることも、みんなが正解する易しい問題も、どちらも作るのは簡単だ。難しいのは、平均点が五十点になる問題である。「面白い問題だ」と感心させるには、平均点が三十点くらいが良いかもしれない。

「突飛」の「面白さ」

「面白さ」の要素として「突飛」なものがある。「突飛」な「面白さ」は、「意外性」による「面白さ」とは、少し違っているように思える。

「意外性」は、なんらかの予測があるところに提示され、そのズレで面白さが誘発されるが、「突飛」というのは、もっと不意打ちに近いものだ。予測もしないところへ、まったく違った方向から飛んでくるようなものである。多くの人はあっけにとられ、ただ驚くばかりかもしれない。だが、人によっては「面白い」と感じる要因の一つとなりうる。

小説を書いているときによく感じるものでは、ちょっとした比喩、あるいは言葉選びなどで、これが表れる。普通は使わないもの、全然関係のないものを突然持ってきて、なんとなく説明してしまう。日本語には、「〜のような」「〜みたいな」という形容があるが、ここに全然無関係のものを入れて、連想を誘う。まったく別物なのに、なんとなく似ているし、感じが伝わることがある。

「蝶のように舞った」「花のように可憐な」では、普通すぎて面白くもなんともない。こういうありきたりの比喩は文字を無駄に消費しているだけで役に立たない。これが、「捨てられたガムのように寂しかった」「三角錐みたいに切り立った星空だった」などとすると、読者の思考は一瞬そこで止まるだろう。「何なの、それ」と思うのが普通だ。だが、一部の人には、これが「面白い」と感じられるのである。

これらは、突飛な「面白さ」といえるもので、「意外性」に含まれるようで、微妙にベクトルが違っている。相手に一瞬足を止めさせ、あるいは息を止めさせ、考えさせる、という機能では「意外性」と同じだが、予想さえさせないところが異なる。

突飛なものに出合い、一瞬呆れたり、首を傾《かし》げたあと、「面白い」と感じるかどうかは、自分にそれが思いつけたか、と過去へ向かって予測し、遅れて「意外性」として評価される、というメカニズムといえる。

「思いつかない」というのも、「面白さ」の中でも重要なファクタである。簡単にいえば「発想」だ。手法や計算で導かれるものではなく、直感的なもの、いうなれば思考のジャンプを見せられるような「面白さ」である。

「面白さ」の対象はさまざま

「面白さ」を感じる対象は、人であったり、ものであったり、あるいは事象であったり、実にさまざまだ。文章、絵、写真、映像など、「面白さ」を伝える媒体も各種ある。人によって、面白がりやすいメディアというものがあるかもしれない。また、たとえば同じ文章をインプットしても、そこから頭に思い描く世界が人によっては映像である場合がある（僕は文章を読んで映像を見る人間だ）。そうなると、入ってきたときのメディアが面白いのか、それによってイメージされたものが面白いのか、区別がつけにくい。

漫画のキャラクタであっても、その造形が面白い場合、仕草や行動が面白い場合、言動や思考が面白い場合など、さまざまであり、またそれらが組み合わさって「面白さ」が作られているのが一般的だと思われる。

「面白さ」は最終的には満足を導く

「面白さ」に対する反応でも、いろいろある。

可笑しい「面白さ」は、笑う、吹き出す、にやける、などの反応があるが、意外性の「面白さ」に対しては、笑うというよりは、あっけにとられる、呆然とするような反応となるだろう。しかし、そののち、にっこりと笑顔になったりする。だから、「面白さ」は、結局は満足感につながると考えることができる。

難しい問題にチャレンジするのが「面白い」と感じる人などは、眉を顰め、難しい顔になるし、真剣な表情でそれに向き合う。傍《はた》から見ていると、とても愉快そうには見えない。それでも、本人はそれが「面白い」のだ。これも、その問題が解けたときには、満足して微笑むことになる。したがって、結果的に同じだ。

さまざまな「面白さ」があって、それに対する最初の反応は異なっているが、最終的にはなんらかの満足が得られる、という共通点がある。「面白い」とは、すなわち「満足できる」ことだからだ。

「面白さ」は自由を目指している

満足とは、求めていたものが得られることであり、自分が思い描いた状況に実際になることだ。人間の脳は、頭に思い描いたことが現実になることを欲している。

他書でも何度も書いていることだが、僕は、この状況を「自由」と定義している。自由とは、「思ったとおりになること」「希望したことが現実になること」なのだ。

人間が築き上げたものは、「こんなものがあったら良いな」と思ったものを、試行錯誤し、努力をし、あるいは協力し合って、完成させたものであり、「自由の象徴」ともいえるものである。芸術もそうだ。自分が思い描いたものを形にする行為であり、自由の獲得が目的だといっても良いだろう。

自由は、仕事がなくて、ごろごろと寝ている「暇」のことではないし、いつまでも起きなくても良い休日のことでもない。自由は、自分が計画したとおり、自分が予定したとおりに生きることであり、それが人間の満足の根源でもある。

したがって、「面白い」というのは、この自由へ向かう方向性を感じている状況であり、いうなれば、いずれ自分は満足するぞ、という予感が、その人を笑顔にさせるのである。

第二章　「可笑しい」という「面白さ」

「可笑しい」から「面白い」

本章では、「面白さ」のうちの「可笑しさ」について考察する。「面白さ」のうちの一つに、「笑える」ものがある。これが「可笑しさ」だ。

「おかしい」という言葉は、本来いろいろな意味を持っている。たとえば、「変だ」という意味の「おかしい」がある。普通ではない、という意味だ。さらに、「馬鹿馬鹿しい」とか「間違っている」という意味でも使われて、同じ「笑える」であっても、「嘲笑」の笑いを誘うものだ。

さらに、昔の文章に登場する「おかしし」というのは、「趣がある」「可愛い」「興味深い」などの意味で、これは、現在の「面白い」に非常に近いといえそうだ。

本章で取り上げるのは、思わず笑ってしまう面白さであり、「可笑しい」と漢字を当てるのが適当だろう。

「可笑しさ」の条件

誰でも、「面白い」といって、手を叩いて笑ったことがあるはずである。面白いものを見たり聞いたりすれば、自然に笑えてくる。ただし、そのときのコンディションに大きく左右される。同じ対象に触れても、笑える気分のときと、全然そうではない気分のときがあるものだ。大きな悩みを抱えていたり、深刻な問題が目の前に迫っていたら、ちょっとやそっとのことでは笑えない。

また、それ以前に、可笑しさには、ある程度の理解が前提となり、理解するためには、相応の知性が必要だ。一方、知性ではなく、その文化の体験が必要な場合もある。ギャグで笑う場合にも、そのギャグの言葉が通じなければわからない場合もあるし、また、その異様さを感じるためには、常識を知らなければならない。

「いないいないばあ」は何故「可笑しい」のか

結局、笑いというのは、現実と理想のちょっとしたズレに生まれるものである。こうあるべきだという想定とは違う現実を目の当たりにして、つい笑ってしまう。しかし、まったく同じものを見ても、笑う人と、笑わない人がいるし、逆に怒りだす人だっているから、誰にでも通用するような「可笑しさ」というものは、まず存在しない、と考えても良いだろう。

言葉が通じない赤子を笑わせるには、「いないいないばあ」のような、ある種の「変化」が必要みたいだ。ほとんどの文化圏で、これが共通している。赤子は、今あるものが、別のものに変わるさまに興味を示す。このように「変化」に注目するのは、動物の本能に起因するのだろう。

興味を示すだけなら、注目して目を見開く程度の反応だが、「変化」が繰り返されると、どうなるか予想がつくようになり、自分が思っていたとおりの変化が起きるのを見て、面白く感じ、笑うようになる。

慣れてしまうと、「可笑しさ」が消える

しかし、少し成長した子供に向かって同じ「いないいないばあ」をしても、笑わせることはできない。もう面白くなくなっているのだ。つまり、「面白さ」は、経験を重ねることで面白くなくなる。最初の繰返しでは、予想することを覚え、そのとおりになるから笑えたのだが、成長したあとは、経験の繰返しによって、「意外性」がなくなって厭きてしまう、ということである。

芸人が繰り出すギャグなども、一世を風靡《ふうび》したものが沢山あって、日本中の人たちがそのギャグで笑ったのに、一年もしないうちに誰も笑わなくなる。見ても、ただ懐かしいと感じるだけで、もう笑えない。ギャグというのは、短命なものだ。

ギャグだけではない。漫才のネタなども、一度知ってしまうと、最初ほど笑えなくなる。やはり、意外性が消えてしまうからだ。

大人になって、可笑しさのベテランになるほど、簡単に笑わなくなる。若者ほど、大笑いするのは、経験したことがない「面白さ」のためであり、初めてのものには、免疫

ができていないからだ。いうなれば、笑わない防御ができていない、ということでもある。

べつに、笑うことは恥ずかしいことでもないのに、何故かそういった免疫を自然に作ってしまうのは、笑うことは「弛緩《しかん》」であるためだろう。緊張の反対の状態は、自然界では無防備で危険な状況である。笑うことで隙ができて、攻撃を受けやすくなる。だから、笑わないように防御をするようにできているのではないだろうか。

笑わせることは難しい

人はいったいどんなものに笑ってしまうのだろう。

人を笑わせることは、けっこう難しい。少なくとも泣かせたり、怒らせたりするよりは断然難しい、というのが小説を書いている僕の感覚である。

人を笑わせることを仕事にしている人も沢山いる。簡単になれる職業ではない。特別な才能が必要だし、常に考えなければならない。かなり頭を使う、頭脳的な活動だと思われる。

可笑しくて「笑った」といっても、実際にはいろいろなレベルや種類がある。爆笑するものもあれば、ぷっと吹き出すような笑い、にやりとさせるもの、息が漏れる（鼻で笑う）ような場合など、レベルや方向性に違いが見られる。

普通に生活していても、ときどき笑ってしまうことがある。そのほとんどは、他者が言ったこと、あるいは行ったことに対してで、笑いの九割方は、人間の言動が対象となっている。もちろん、ペットが面白いことをしたときにも笑える。残りの一割は、対象が物体の場合だが、その物体は人工的なものであることがほとんどで、つまりは人間の行動をそこに見ることができるから笑える。

小説やエッセィを読んでいてよく出合うのは、言葉の面白さだ。これは作者のセンスのようなものがあって、なにげない言い回しが可笑しかったりする。あるいは、言葉ではなく、「そう考えるのか」と、理屈に笑える場合もある。これは、言動ではなく、思考が可笑しいと感じる場合だ（たとえば、哲学者の土屋《つちや》賢二《けんじ》先生のエッセィなどは、明らかに理屈の可笑しさである。日本の作家では、ちょっとほかに類を見ない）。

読むだけで笑えるものがあると、作者の才能が感じられて、笑いながら感心する。笑わせることの難しさを知ると、余計に凄さがわかってくる。

「可笑しさ」は人のイメージになる

僕自身、読者を笑わせようと思うことは、あまりないのだが、ごく稀《まれ》に、可笑しさを売りにした作品も書いたことがある。だが、とにかく難しい。考える時間がかかりすぎて、コストパフォーマンスが悪い。ビジネスで小説を書いているので、あまりやりたくない方向性といえる。

ところが、そういった作品を読んだ人は、「作者が楽しんで書いている」という感想を持つようだ。ネットでそういった反応を何度も見た。そうか、可笑しいことを書くと、作者も楽しんでいるように見えるのだな、とわかった。実際には全然逆なのに、そう感じさせる力が、「可笑しさ」にはある、ということだ。たしかに、漫才師などは、日常から面白い人なのだろうな、という印象をみんなに与える。実際はそうでもない、というのは関係者からよく聞かされる事実である。

「可笑しさ」を作る二つの方法

可笑しい場面を書く方法は、大別して二種類ある。「これは可笑しい」というネタをさきに思いついて、それを小説で採用する方法と、「ここで可笑しいものが欲しい」とその場で考えて作り出す方法だ。

この前者は、日頃の生活で偶然得られる「可笑しさ」を拾うことから始まる。誰かと話していて、大笑いしたら、その可笑しさを覚えておく。そのまま使えることは滅多にないが、可笑しさの本質を抽出し、物語の中で再現するのだ。この場合、成功確率は非常に高い。まず外すことがない。しかも、「よくこんな面白いことを作者は考えたものだ」と感心されるだろう。実は考えたのではない、偶然拾ったものなのだから、発想しにくいものであることも当然である。

一方、後者は、可笑しさを作り出そうと考えたもので、非常に労力が必要なわりに、大して面白いものが生まれない可能性がある。自分では可笑しいと笑えたのに、誰も笑ってくれない「すべる」ネタになりがちだ。

もっとも、前者の場合、どこに作者の才能が発揮されるかというと、ネタを「拾う」瞬間にある。日常において、そういったネタは限りなくあるのだが、それを見逃さず拾えるかどうか、は才能や経験が必要かもしれない。また、その「可笑しさ」に普遍性や応用性を見出せる思考力があってこそ、利用ができる。

現実の「可笑しさ」を一般化する

僕の場合は、たいてい奥様が面白いことをおっしゃるので、それを心に留めておくことにしている。ただし、それを使うときには、一般化をする必要がある。そのままで使えるのはエッセイくらいだろう（エッセイでも、多少の脚色が必要だ）。「可笑しさ」というのは、その場の雰囲気、話の流れ、そしてそのキャラクタなどの条件が組み合わさって実現するものなので、まったく同じ言葉を小説のキャラクタにしゃべらせても、全然面白さが伝わらない結果になりやすい。

だから、これを「一般化」する。現実の可笑しさは、特殊なものだったわけだが、どうしてそれが可笑しかったのか、と考えることで、その本質を取り出す。それに成功すれば、一般化できる。すなわち、ほかの条件でも可笑しくなるように応用が利く、ということである。

その言葉が可笑しいのか、理屈なのか、反応なのか、それとも誤解なのか、偶然なのか……。履歴《りれき》にヒントがあったり、まえにあったことが伏線になっていたり、さまざまな要因が絡み合っているので、そこから、使える「仕組み」を抽出する。これが、できるかどうかは、思考力も必要だが、技術的な慣れのようなものが要求される、と思える。つまり、こういうことばかりしていれば、だんだんどうすれば良いのかがわかってくる、ということ。

「可笑しさ」の手応えを確かめるには

上手くいかなくても、とにかく何度も挑戦することである。挑戦したら、反応を見て、また修正をする。おそらく漫才師などのように、舞台で演じる「可笑しさ」は、反応がわかりやすい。しかし、小説では読者が笑ったかどうかは見えない。成功したかどうか、どうやって知るのか、という話になる。

現在は、ネットがあるので、比較的反応が見えやすい。ただ、細かいギャグとか台詞について、いちいち笑ったとか、面白かったとかを感想に書く人はあまりいない。それに、少ない反応ではサンプルとして信頼性に欠ける。その受け手が平均的な評価者である保証もないからだ。それよりは、少し時間が経ってから、自身で読み返してみて、やっぱり可笑しいか、当初思っていたほど可笑しくないか、という見極めをした方が正しいのではないか、と僕は考えている。

だいたいにおいて、考えた直後は可笑しいものだ。思いついたときにもう笑っているから、自分では評価が高めになる。それが冷めてくると、それほどでもない、と気づく。

読者は、もともと冷めた目で読むのだから、面白くないと感じる可能性が高い。

一方で、ファン歴の長い、コアな読者であれば、ほんの少しのことでも笑ってくれるだろう。でも、そういったものを参考にしていては、新しい読者を獲得できない作家になってしまう。

「ユーモア」という「可笑しさ」

可笑しさのうちに、「ユーモア」と呼ばれるジャンルがある。普通の可笑しさと何が違うのかというと、非常に難しい。なんとなく知性が感じられるし、下品ではないことが条件だといえるかもしれない。

ユーモアというのは、それに接したときに馬鹿笑いするようなことはない。シニカル(冷笑)気味なところもあるが、けっして蔑《さげす》んでいる笑いではない。にっこりできる、ほっとできる、くすっとできる、といった「小さな幸せ」をもらったように感じられる貴重さがある。温かみが感じられ、優しさを感じる人もいるはずだ。多くの人が、ユーモアに魅力を感じるし、ユーモアのある人は、だいたいどこでも人気がある。

日本のお笑いには、このユーモアが感じられるものが少ないように思う。つまり、日本には古来なかったセンスなのかもしれない。そもそも、「ユーモア」に相当する日本語がないことが、それを示しているだろう。「諧謔《かいぎゃく》を弄《ろう》する」という言葉があるけれど、誰も使っていないし、知っている人はたぶんほとんどいない。

ユーモアは、それほど技術的に難しいわけではない、と僕は思っている。ただ、受け手を選ぶので、広い範囲での効果が期待できない、というデメリットがあるだろう。これは宿命的なものであるから、もしも誰にもわかるユーモアを発信しようとすると、その分ユーモア度は確実に落ちる。洗練されたユーモアというのは、一部の人がくすっと笑い、それ以外の人には「難解」と受け取られる。

「読みやすい」が大前提となった

小説に限らないが、近頃の活字メディアは、「読みやすい」ことが求められている。

文字が大きいこと、難しい漢字を使わないこと、などはもちろんだが、文章として簡単で明快なことが、重要な条件となった。読みにくいものは、もうそれだけで受け付けてもらえない。

そもそもお金を出して活字を読むというのは、非常にマイナな趣味になったので、その中でも読者を選ぶようでは、さらに消費者を少数に限定してしまう。

一方で、エンタテインメントの中では、活字で出力されるものが一番生産性が高い。一人で制作でき、しかも短期間で作り上げることが可能なので、生産者側から見れば、非常にコストパフォーマンスに優れている。それほど大当たりしなくても、そこそこの数が売れれば元が取れるジャンルなのだ。

だからこそ、「読みやすい」ことには注意をしながらも、ユーモアのように相手を選ぶものも、ここでは生き残れるのではないか、と僕は期待している。

「可笑しさ」に共通する緊張と解放

人を笑わせるものには、意外なものと期待どおりのものがある、と既に書いたが、この一見反対の傾向のものが笑えるのは、どうしてなのだろうか？

意外性とは、期待を裏切るものであり、待っているところへボールが来なかった、その「ズレ」や「ギャップ」が「可笑しさ」を誘発する。おそらく、そこで、小さな驚きがあり、はっとなって喚起される思考がある。それが可笑しく感じられるのだろう。

また、逆に、期待どおりのものが出現することでも、人は笑う。これは、赤子が「いないいないばあ」で笑うのと同様に、出るぞ出るぞ、と待っている緊張感からの解放に起因しているものだし、はっとさせられることでは、「意外性」と似ている。

また、見たこともないものに出合ったときにも、可笑しくなることがある。不可解なものだったり、意味がわからないことでも、人は笑う。意外性といってしまえば同じであるが、やはり、「何だろう？」という注目が直前にある、という共通点がある。

珍しいもの、得体の知れないものには、まず注目し、緊張する。これは動物の本能だ。

ところが、それが無意味なもの、無害なもの、自分に対して攻撃してこないものだとわかれば、そこで緊張から解放されて、笑いが生じる。

ユニークなもので笑えるのも、この部類だろう。ユニークとは、個性的なことだが、独特、あるいは比類のないことを意味する。珍しいものは、誰にとっても意外なものである。興味を引くことで緊張を誘い、無害だとわかれば、解放感で思わず笑みがこぼれる、というメカニズムと考えられる。

適度な「ズレ」が「可笑しさ」の条件

「待っているところへボールが来なかった」と書いたが、まったく取れないような大暴投では笑えない。あまりに外れすぎていると、驚きや呆れが大きくなり、あるときは嫌悪感も抱いてしまうから、笑うことができない。

笑いを誘うギャップとは、「適度なズレ」であることが一つの条件といえる。この微妙な手加減ができる人が、人を笑わせる名手となる。ただ、受け手によって、このズレがどれくらいまで許容できるのか、が異なっているので、相手を見て、合わせる必要があるだろう。このあたりが、「可笑しさ」を作ることの一番の難しさになる。

「微妙」という言葉は、もともとは褒め称える表現だった。今は、「今一つ」という意味で、残念な印象を伝えるときに使う場合が増えている。可笑しさのズレというのは、本来「微妙」なものだった。加減をし、適度にずれているものが一番面白い。その僅かさが、最大の「面白さ」を生んだのである。

「可笑しさ」は、常に修正が必要

したがって、「可笑しさ」は、このズレ加減を常に意識し、不足ではないが、過剰でもいけない、という範囲を目指す意識が必要だろう。

そして、その加減は、人によっても、環境によっても、また時代によっても違ったものになる。昔のギャグでは笑えないのは、ズレの加減が違っているからだ。

受けているからといって、いつまでも繰り返していては駄目だし、受けなくても、懲りずに長く続けていると、そのうち可笑しくなってくるものもある。この場合は、受け手が学習し、成長するからでもある。

そういった環境の変化に、作り手は敏感でなければならない。もし、笑わせることが仕事ならば、それを長く続けるためには、いつも自分の方法を修正する必要があるだろう。笑わせることが、泣かせたり、怒らせたりするより、ずっと難しいのは、このような理由からである。

第三章　「興味深い」という「面白さ」

「楽しい」という「面白さ」

「面白い」のうち、「可笑しい」について、前章で述べたが、残りの「面白さ」は、ほとんどここで取り上げるものになる。それは、別の言葉にすると「楽しい」あるいは「愉快だ」といった状態に人を誘うものである。

楽しい「面白さ」も、人を笑顔にする。爆笑するような笑いではなく、なんとなく心が躍り、嬉しさが込み上げてくるような感情を誘発するもので、「生きる力」ともなりうるほど、人間には大事なものだと思われる。

「可笑しい」と区別した理由は、対象が「意外」でも「変」でもなく、「ズレ」があるわけでもないからだ。ただ、「新しさ」は共通しているかもしれない。

最もメインとなるものは、「興味」だろう。個人が関心を持っているもの、注目しているもの、好きなもの、憧れているもの、あるいは、それをすることが清々《すがすが》しいもの、すっきりするもの、夢中になれるもの、などが「面白い」と同じ形容で賞讃される。

「ほのぼの」という「面白さ」

「可笑しい」のところに入れるべきか迷ったものに、「ほのぼの」がある。これは、緊張させて解放するという「可笑しさ」のメカニズムのうち、解放だけを最初から仕掛けてくるタイプといえる。あまりにも肩すかしのため、笑うというよりは、息が漏れる程度だろう。ところが、これが近年はずいぶん流行って、かなり広く認められている。これも「面白い」と呼ばれるので、最初に取り上げよう。

「ほのぼの」には「緩さ」がある。ゆるキャラもそうであるし、このジャンルの漫画も非常に多い。ほのぼのとしたものを、「可愛い」と評することも多くなった。近頃では、「癒《いや》される」という言葉も多用され、心を温めるような効果があるごとく語られている。

本来、「ほのぼの」は「面白い」の中に昔からあった一例にすぎないのだが、それ以前に、強烈なギャグやオチ、あるいは派手な「ドタバタ」が流行した時代があって、そういったインパクトがあるもの、激しい動きのあるものではなく、もっと上品にしようとの気運から注目され始めたものと考えられる。「上品」という点では、ユーモアに近いともいえる。

慕情とノスタルジィ

「ほのぼの」系の「面白さ」というのは、受け手にある程度の余裕のようなものがないと充分に伝わらないように思える。たとえば、絵本などには、ほのぼのとした内容のものが多い。これは、子供向けに作られたものだから、刺激が強くないものが選ばれているためだが、大人がこういったものを「面白い」と感じるとしたら、(自分の子供に感情移入している場合を除けば)子供の心、すなわち童心に返っているからであり、それは、生活に余裕がなくてはできないことだろう。仕事が忙しいときや、切羽詰まった問題に直面しているときに童心に返ることはまずない。

また逆に、社会が乱れ、平和がほど遠い時代にも、安らぎのようなものを求めて、この種のものが求められることがあった。これなどは、「面白い」というよりは、希望のようなものを、そこに見出したのではないか。慕情といえるかもしれない。過去に向かって抱く慕情が、ノスタルジィであり、類似したものを感じさせる。

「アクション」という「面白さ」

さて、いきなり「緩い」面白さから語ってしまったが、「面白さ」の多くは、もっと鋭く尖《とが》ったものである。

たとえば、危険や暴力を見せるエンタテインメントは、「面白さ」の中心に今も位置しているだろう。また、「セクシィ」なものも、「面白さ」の重要なファクタの一つだ。これらは、ハリウッドで作られる映画を思い浮かべれば、容易に理解できる。人気のある映画には、必ず、「面白さ」の素《もと》が各種仕込まれている。

面白さの代表的なものは、「アクション」ではないか、と僕は考えている。これは、「動き」である。動物は、動くものに注目する本能があるらしく、止まっているものではなく、動くものが目立つように視神経ができている。

僕の書斎は、壁の二面が窓で、外は森林であるが、その窓を背にしてモニタが置かれていて、それを見て仕事をしている（今、この文章を書いているのも、そのモニタだ）。ところが、森になにか変化があると、それが視界の片隅を過《よぎ》って、すぐにそちらへ視線が向く。枝から枝へ渡るリスだったり、あるいは飛び立った野鳥だったりする。窓の外を見ているのではないのに、視界の片隅で動くものを瞬時に捉えることができる。自分でも驚くばかりである。

動くものがあれば、目が離せない。この本能的な性質が、「動き」が「面白い」と感じさせる一つの要因だ。「面白さ」を作る側にすれば、「動き」のあるものを見せれば、とりあえず誰もが注目してくれるので、非常にやりやすい定番的手法だといえる。まずは見てもらわなければ、「面白い」と感じてもらえないのだから、「アクション」的な面白さは、最初からその有利さを持っている。

「動画」が普通になった

動画を記録、保存する技術が普及し、エンタテインメントのメディアが映画になり、テレビになった。動画を撮る道具も、つい最近になって社会に広く普及した。その少しまえには、静止画を撮り、保存することが画期的な技術革新だったわけだが、あっという間にトップの座を奪われた。「静止画」という言葉自体が、それを物語っている。

たとえば、人が歌っている様子は、最初は音だけで広まった。そこに歌い手の写真が添えられれば、ますますイメージが広がった。それだけでも画期的だったのだが、やがて、歌っている様子が動画として広まるようになり、それが普通のこととなった。そうなると、ただ歌うだけではなく、振り付けやダンスが伴うのが当たり前になる。「歌」や「音楽」という概念自体が、そちらへシフトしている。

もともと、音楽もいわば「動き」の一種だった。人が演奏して音楽が作られるわけで、人も動き、音も変化している。音楽を、多くの人が聴きたがるのも、やはり「動き」に注目する本能によるものだと思われる。

今の子供たちは、写真を見て、「どうして止まっているの?」という疑問を持つ。写真を撮るときには、じっとしていなければならない。それが逆に「面白い」ようだ。

「アクション」の「スピード」

もちろん、「動く」だけで「面白い」とはいえない。赤子のように、動くものを面白がるのはごく初期に限られる。なにしろ、生きている人間は、自分が動くし、常に動くものに囲まれている。見るもの、触るもの、すべて動いているのだから、しだいに「動き」にも慣れてくる。ただ動いている程度では、なにも面白くないほど、落ち着いてくるだろう。

では、どんな動きが「面白い」ものになるのか。

ここからは、僕の個人的な意見になるかもしれないが、アクションの面白さは、「スピード」、「メリハリ」、そしてやはり、「意外性」だと考えている。

スピードというのは、もちろん速さのことだが、速ければ良いというものではない。速すぎてわからなければ意味がない。適度なスピード感というものがあるし、時代によっても、受け手によっても異なる。映画、アニメ、漫画、小説などのメディアによってスピード感は全然違う。ただ、その速度をきちんと設定して、作者がコントロールしたものは、受け手にも伝わりやすいように思われる。
また、そういった制御を行うことで、二つめの要因であるメリハリが作られる。つまり、スピードを速くしたり遅くしたりといったコントロールがあるほど、スピード感が際立つのだ。

「アクション」の「加速度」

これは、おそらく受け手の問題だと思う。どんどん進んでしまっては、息をつく間もなく、「面白さ」が損なわれる。速くなったり、遅くなったりすることで、その変化が感じられ、それが「面白い」のである。物理的な用語では、スピードの変化のことを、「加速度」という。

実は、人間はスピードというものを体感できない。「速度」とは、相対的なものであり、流れる景色で確認ができるけれど、それは景色が止まっているからだ。景色も同じ速度で走っていれば、止まって見えるだろう。体感ができるのは、加速度であり、これは目を瞑《つむ》っていても感じられる。加速度は、「力」として物体に作用するからだ（物理学では、加速度と質量を乗じたものを「力」と呼ぶ）。

面白さが生まれるのは、つまりは「加速度」によるものだと考えても良い。

ちなみに、音楽でも、スピードを変化させる。音の大きさにもメリハリをつける。こうした「変化」を人は「面白い」と感じるようだ。

「アクション」には、スピードがあり、また加速度がある。メリハリも当然組み込まれる。大きな動きがあるとき、なにか小さなもの、遅いものなどへカメラを向けるのは、よく用いられる演出手法だ。

「アクション」の「アイデア」

そして、「アクション」の中にも、三つめの要因である「意外性」があることが、「面白さ」の条件だと僕は考えている。これがないと、動きに厭きてくる。いつまでも受け手を引きつけられない。意外性が、加速度として作用すると考えることもできるだろう。

ここでも「意外性」か、と思われるかもしれない。どうも、なにか法則のようなものがありそうな気もする。

たとえば、カーアクションであれば、ただ二台のクルマが競走するだけでは、今や面白いとは感じてもらえない。もちろん、動きが凄い、撮影が凄いといった技術的な洗練で、ある程度は「新しさ」が作り出せるものの、あくまでも専門的な変化であり、見ている側にすれば、それらはわかりにくい。

そうではなく、なんらかのアイデアが必要になる。これまでに見たことがない展開、それも一つではなく、つぎつぎとそういったものが出現し、畳み掛けるような展開を見せなくては、今どきのファンは納得しないだろう。

それは、場面であったり、小道具であったりするし、また、そのアクションの途中に挟まれるキャラクタの台詞かもしれない。受け手に、「どうなるんだ？」と思わせる暇も与えない、はらはらどきどきの状態で引っ張っていくスピードも必要だし、逆に、「どうなるのか」を考えさせ、それを越える展開を用意するトリックも必要になる。

「面白いアクション」とは？

映画、ドラマ、アニメなどの動画は、そのメディア自体が、すべてアクションだが、その中でも特に活発な動きの応酬があるシーンを、「アクション」と呼ぶ場合が多い。また、漫画や小説は、そもそもメディアが動いていないのに、受け手に「動き」を感じさせるように描くのが、一つの技術となる。

小説では、アクションがリーダビリティの強力な武器となるが、大事なことは、「動き」があれば引っ張れるけれど、引っ張っても「面白く」なければ、次からはついてきてもらえなくなる、という点だろう。「動き」は、「面白さ」を作る一要因でしかない。「動き」だけでは「面白さ」は作れない、といっても良い。

結局は、「面白いアクション」でなければならないという結論になってしまう。それではなんの説明にもならない、と思われるだろう。何が面白いのか、が問題なのではないかと。たしかにそのとおりだが、これは、ほかのすべての「面白さ」に共通する問題であり、こうすれば良い、という普遍的な答がない。

ただ、どんな場合にも、新しい発想を取り入れ、これまでに誰もやらなかったことを試みれば、面白くなる可能性は高いだろう。だから、「動く」まえに、まずは考えた方がよろしい。

「興味深い」という「面白さ」

「面白い」の次の要素として、「興味深い」という方向性があるだろう。これは、「動き」が肉体的なものであったのと対照的に、頭脳的なもの、つまり、知性に訴えかける「動き」「変化」「新しさ」ともいえるものだ。

「興味」が既に知的活動である。見たままのものではなく、頭で思い描いたものが「面白い」、これから考えるものが「面白い」、あるいは「もっと知りたい」「もっと考えたい」という欲求が、「面白い」のである。

「設定」の「面白さ」

たとえば、SFなどは、その「設定」に興味を引かれる場合が多い。SFは、科学技術が普及し始めて現れた文学だが、それまでの「空想」が神話や御伽噺《おとぎばなし》だったのに対して、「科学」という新しい考え方によって現実に寄り添ってきた点が、人々の興味を引いたのだろう。

SFの萌芽《ほうが》期には、ワンアイデアの「設定」だけで物語を作ることができた。たとえば、ロボットが登場する、地底世界がある、宇宙人が攻めてくる、という設定さえ思いつけば、あとはその周辺のディテールを描くだけで良かった。「設定」が面白ければ、もう作品の面白さは約束されたようなものだった。

しかし、今はそれほど簡単ではない。その種のエンタテインメントは溢れるほど沢山あり、飽和状態に近いからだ。設定がいくら興味深いものであっても、似たものが必ずあるので、目立たなくなった、といえるだろう。

「展開」の「面白さ」

設定だけでは無理だとなって、次には「展開」で見せる「面白さ」へとシフトした。これは、見たり読んだりしなければわからない。「設定」は事前に宣伝して、客を惹きつけることができたが、「展開」は、その内容を宣伝できない。明かしてしまっては、面白さが激減してしまうからだ。そこで、とにかく「展開」が面白い、ということを強調するために、「意外な結末」とか「予想外の展開」あるいは「大どんでん返し」などのキャッチコピィが使われるようになった。

そういう「わかりやすい展開」があれば、「面白い」と大勢が感じてくれる時代だったともいえる。その意味では、「設定」だけで成り立っていた時代と同様だ。当然ながら、いずれは飽和する。

「面白さ」を維持するには？

同種のものが「面白さ」を維持できないのは、それまでに作られたコンテンツがすべて残っているからだ。名作ほど長く社会に留《とど》まるので、つぎつぎに作られる新作は、それらと競合することになり、しだいに不利になるだろう。これが、飽和の原因である。

したがって、「面白さ」を維持するためには、どんどん新しいものへシフトするか、まったく新しいものを生み出すしかない。同じものは当然駄目だが、同じようなものも、すぐに駄目になる。だから、違ったものを、という意味で「新しさ」を求めることになる。個人の中でも、まったく同様に、同じパターンのものでは、面白く感じなくなってくる。いくら面白いものであっても、慣れてしまうのだ。特に、意外性が売りの面白さほど、短い期間で魅力を失うのは自明である。

大当たりしたものほど早く衰退する

そもそも、世に出てくる「面白さ」の多くは二番煎《せん》じである。過去に当たったものがあって、そのパターンに似せて作られる。二番煎じでは、オリジナルほど売れることはないものの、世の中が「もっと、こんなものが欲しい」と求めているうちは、そこそこには受け入れられる傾向にある。オリジナルがビッグヒットになっていれば、二番煎じでもそれなりのビジネスになる、ということだ。しかし、二匹めのどじょうを狙ったものが乱立し、多く出回ったことで、逆に早く世間から厭きられる結果になる。

この「面白い」ものが色褪《いろあ》せる現象は、非常に顕著で、面白さが大きかったほど、衰退のし方も際立つ。少しくらいまだ売れるのではないか、という期待は外れることになる。本当に一斉に消えてしまうように観察される。

一度ブームが去ってしまうと、何故そんなに面白かったのか、と大勢が首を傾げることになる。まるで酔っ払っている状態から醒《さ》めるみたいな感覚である。そうなると、もう面白くない、もう楽しめない、と決定的な評価に行き着く。

こうした現象から、「面白さ」には「鮮度」が重要だ、という認識もある。本当に面白いものは時代を超える、という意見と相反する。どちらが本当なのか、わからない。

この理由は、とりもなおさず、面白さを感じるのが、生きた人間だからである。人間は、気まぐれなものなのだ。

「考える」「知る」という「面白さ」

頭脳的な面白さについて述べていたが、話を戻そう。

「動き」の面白さと同様に、頭脳の働きの面白さ、というものが基本にある。だからこそ、「興味深い」と感じる。頭脳の働きとは、すなわち考えることであり、思考の面白さになる。

クイズやパズルなどの「面白さ」が、これである。また、そういった直接的な問題ではなく、単に歴史について書かれた本（つまり資料）や、科学者の一生を語った本（伝記）なども、読む人によっては、「面白い」ものになる。ここが、「興味深い」という表現を採用した所以《ゆえん》だ。非常に広い範囲に及ぶ「面白さ」といえる。

「考えさせられる」のも「面白い」が、単に「知る」だけでも「面白い」と感じる。自分が興味を抱いているテーマであれば、なおさら「面白さ」を感じるはずだ。

いったい、知ることの何がそんなに面白いのだろうか？

この種の「面白さ」というのは、これまでに登場した「意外性」を持っていない場合も多い。あるものは、単なる情報だ。そういうものまで、人間は求め、手を伸ばし、得るために努力をする。知るだけで、面白い、と感じるからである。

「知る」とは、「知らない」ことに気づくこと

知るために重要な条件は、それまで「知らない」状態であることだ。自分が知らないことに気づくのが、「知る」という体験だといえる。つまり、知ることによって、自分が「欠けた」存在だったとわかる。「知る」ことを体験するまで、知らないことを知らなかったのだ。

知ることとは、新しい情報である。少なくとも、その個人にとっては新しい。その意味では、これまでにあった各種の「面白さ」と類似している部分といえる。

「研究」は、究極の「面白さ」

関連する話題として、ここで研究というものについて、少し書こう。

僕は二十四歳から四十八歳まで研究が仕事だった。ずっと研究に没頭する生活だった。研究というのは、「知る」ことの究極ともいえる行為だろう。普通の「知る」は、人に教えてもらうか、調べるか、検索するかで、ほぼ実現するが、研究とは、世界で自分が初めて知るという意味だから、研究する対象は、その答が世界のどこにも存在しない。誰も知らないことだから研究するのだ。

研究者というのは、この究極の「知る」を体験する人のことだが、そのモチベーションは、「知る」ことの面白さ。それに尽きる。世の中にこんな面白いことがあったのか、という体験ができる。もちろん、研究成果は、社会に認められ、なんらかの利益につながる。たとえば、学会から賞をもらったり、あるときは、特許で儲かったりする。だが、それは微々たる問題で、最初の「知る」面白さに比べたら霞《かす》んでしまうだろう。

あくまでも「面白さ」は自分で作るもの

この価値観は、一般の方には理解ができないかもしれない。普通は、他者から認められること、褒めてもらうことが楽しみだ、と考える人が多い。つまり、「面白い」ものは、みんなから「面白い」と言ってもらえるものだ、という感覚があるように見える。周囲から「いいね」をもらわなければ意味がない。周りに無視されるのは地獄だ、と考えている人が、最近の若者には多いとも聞く。

これは、「面白い」とは、大勢に受けるものだ、という認識である。この価値観の人が面白いものを作るには、周囲の声を聞き、それに反応して試し続けるしかない。自分の思考や技術ではなく、周囲の空気を読むことが重要となるだろう。

研究者の価値観は、これとまったく対極にあるともいえる。面白いと感じるのは自分であり、面白さを生み出すのは、自分の思考だ。

僕は、研究者から作家になった。わりと珍しい人生を歩んだことになるが、エンタテインメントを仕事にしても、研究者だった頃と、この意味ではまったく価値観に変化がない。当たってなんぼの世界にいても、面白さを作るのは、あくまでも自分の頭だと認識している。人の声に左右されることは、僕にはない。

ただ、どういったところへボールを投げれば、受け取ってくれる人がいるのか、という意味で環境を観察することは重要だ。これが、ネットでいろいろな人の考え方を眺める理由である。受けるものを作る仕事になっても、自分が作り出すものの質には変化がない、ということである。

「気づく」という「面白さ」

「知る」ことの面白さには、もっと別の要素もある。ただ知るだけではなく、知ることによって、なにかに「気づく」という体験があると、さらに劇的に「面白い」ものになるだろう。

「知る」と「気づく」はどう違うのか。「知る」のは新しい情報だが、「気づく」のは、これまで自分が知っていたことと「関連づける」行為が伴う点が異なる。インプットされるのは、たしかに新しい情報だが、それを知ることで、自分の頭の中で、既存の知識とのつながりができる。別の言葉でいうと、「納得する」が近いかもしれない。知識というのは、頭に入って、ただばらばらに格納されているのではない。知識どうしの関連を考え、そこに理屈やイメージが生まれ、体系づけられる。「気づく」とは、既に知っていることの新たな面を見せられる、あるいは、無関係に思われていた別の知識との関係を見せられることである。

たとえば、初めて会った人に名前を教えてもらったとき、その名前を「知る」ことになるが、もし、それと同じ名前の人を既に知っていて、しかも目の前の人の顔がよく似ていれば、「あの人の兄弟だ」と「気づく」ことになる。このようにして、単に名前を知っただけではない体験となる。

ミステリィにおいて、探偵が事件を解決するシーンは、定番の面白さといえるだろう。そこで披露される真相は、読者に「それは知らなかった」と思わせるだけでは、面白くもなんともない。そうではなく、「ああ、だからあれが、あんなふうになったのか」と気づかせることが、ミステリィの「面白さ」の根源だ。意外な関係に気づかされること、といっても良いだろう。

反社会的な「面白さ」も

興味深い「面白さ」は、とても幅広い。何故なら、人それぞれ、いろいろなものに興味を持っているからだ。たとえば、恋愛に関心がある人なら、恋愛を扱ったものが「面白い」と感じる確率が高くなる。どんな恋愛なのか、さらに掘り下げていくと、もっと興味深い「面白さ」に出合うかもしれない。

したがって、具体的かつ詳細になっていくほど、「面白さ」は強くなる。一方で、それを「面白い」と感じる人が減っていく。鋭く尖った「面白さ」は、それだけ人を選ぶ。逆にいえば、大勢に向けて、誰にも受け入れられる広い「面白さ」は、その分どうしても鈍《にぶ》いものになりがちである。

特に、最近ではちょっとしたことでクレームを招く。「これを見て悲しむ人がいる」とか、「教育上、子供には見せられない」などだ。煙草を吸っている人が出てくる、というだけで全否定される場合だってある。

そういったクレームを避け、当たり障《さわ》りのないものを目指すと、ほとんど「面白くない」ものになることは確実だ。古来、多くのユーモアは、少なからず差別的であり、戦争や死を扱ったブラックなものだった。差別を笑い飛ばしているのに、「差別で笑うとはなにごとだ」と真剣に抗議されれば、たしかに答えようがない。だが、そこが面白かったことは事実であり、大勢の人が笑ったことも、歴史的事実なのだ。

人が死ぬことをジョークにして、人間は笑えた。それで苦しんでいる人もいるじゃないか、という主張は正しいし、まちがいなく正義だ。でも、正義では笑えない。

こういった意味では、「面白さ」の一部は、明らかに反社会的である。その時代には受け入れられない「面白さ」が必ずある。それらは、隠れて楽しむしかないだろう。

「役に立つ」という「面白さ」

一方で、時代にマッチした「面白い」ものも、当然ある。その多くは、「役に立つ」

という感覚をもたらすから、人々に受け入れられる。知っていることで得をする、あるいは、得をしそうな情報である。

これを頻繁に扱うのは、テレビだ。おそらくテレビを見ている人は、こういうものを期待しているし、自分が得をする情報を「面白い」と感じるのだろう。井戸端会議というか、本来はローカルな情報伝達であったものだ。少数で情報交換するから、役に立つし、得をした気分になれた。それがテレビになって、大勢が知ることになると、役に立っても、自分だけが得をするわけではない。有利さが薄まってしまう気がする。

だが、今どきの人たち（特にテレビを見るような人たち）は、得をしたいというよりは、知らなくて「損をしたくない」という脅迫観念に取《と》り憑《つ》かれているのではないか。取り残されたくない、落ちこぼれたくない、との感覚だ。少々不自由なことだ、と僕は感じるけれど、テレビを見ている世代は、こういった傾向があるのかもしれない。

「面白さ」は元気の源

さて、ここまで述べてきた幅広い種類の「面白さ」に共通するものは何か、と考えてみると、キーワードとなるのは、「興味深い」「考えさせられる」「気づき」「役に立つ」といったところだろうか。

これらはいずれも、それを得ることで、なんとなく自分が成長し、あるいは元気になれる。そして、結果的に自己の満足を導く。そういうものを摂取することが「面白い」と感じるように、人間の脳はできているようだ。

脳が「面白い」「面白そう」と感じなければ、それらを得ようと行動を起こさない。それでは、生きていくうえで支障がある。生物の基本的な指向は、「生存」であるから、「面白い」は、実は生きることにリンクしている。「元気が出る」というのも、脳が「面白そう」と感じた状態といえる。

したがって、人生をどう歩めば良いのか、どんな生き方が面白いのか、といった方向へ話が及ぶことになる。

結局、生きるとは、「面白さ」の追求でもある。「面白い」ことを見失ったら、生きていけないのではないか。

面白可笑しく、笑って過ごせれば幸せだ、といったイメージも伴うだろう。

なるべくならば、泣いたり、怒ったりせず、ずっと笑っていたいものだ、という感覚は人間に共通する指向である。

次章以降では、「面白く生きる」ことについて、さらに考察を深めたい。

第四章　「面白い」について答える

「面白い」についてのインタビュー

前章までは、「面白さ」とはどういうもので、どのようにすれば作り出せるのか、といった観点から考えてきた。人に「面白さ」を提供することを仕事にしている人にとっては、より良い商品を作ることのノウハウとなるものだが、具体的にこうすれば良い、といった答は、どうやらなさそうだ。

さて、「面白い」について考察を進めていくまえに、本章では、編集者から受けたインタビューに答えようと思う。これは、新書など、テーマが絞られた本を書くときに、ときどき行っているものである。

僕は、自分から「こんな本が書きたい」と思わない人間である。どうしてかというと、僕にとって、文章を書くことは「面白い」ことではないからだ。面白くないけれど、仕事だから執筆している。こういうことを書くと、眉を顰《ひそ》める方もいらっしゃるだろうが、正直に書くことが僕の基本的な方針だ。僕は、文章を書くビジネスをしているのである。趣味ではない。

通常、出版社から「こんなテーマで書いてほしい」と依頼される。テーマは、一つの言葉では言い表わせない場合が多い。本書であれば「面白い」というワードになるが、編集者は、テーマについて説明するために、書いてほしいこと、考察してほしいことを伝えてくる。多くは疑問形の文章なので、一種のインタビューの質問と考えることもできる。

僕は、それらについて、自分なりに考えるところを答えることになる。社会で何が問われているのか、を知ることは有意義だし、それらの問いについて考えることで、本を書く頭が出来上がる、という具合になっている。

以下、質問に対して、手短に答えていく。突《つ》っ慳貪《けんどん》だと思われるかもしれないが、素直に、正直に、端的に答えた結果である。

【一般的な質問】

Q「森さんが考える『面白いもの・こと』ベスト7は?・」

よく尋ねられる質問なのですが、そもそもベストというものを意識することがありません。また、順番に並べてもしかたがない(自分にとって利がない)ので、考えたこともありません。それでは、お答にならないので、この場で無理に挙げてみましょう。

まず、一番から三番までは、内緒です。

僕は、自分にとって一番楽しいことは、人に伝えられないものだと考えています。人に伝えるほど陳腐《ちんぷ》になり、誤解される。結果として、その素晴らしさが損なわれて認識されてしまう、という印象を持っています。

ですから、これまでにも、あらゆるところで人生の楽しさを語ってきましたが、ベスト3については、一度も書いていません。

それらは、抽象すれば、研究的、探究的なテーマです。たとえば、フェルマーの法則を解こうとしていた、みたいなふうに想像して下さい(そんなに大それたものではありませんけれど)。

それ以外でも、ほとんどが趣味的なものになります。

四番めは、ジャイロモノレールの研究ですね。ここ十年間くらいでは、もの凄く冒険的で、エキサイティングな経験でした。これについては昨年、一冊の新書にまとめて上梓しました。物理的、工学的な研究と、それについて実際に工作をし、実験をし、世界で誰も実現できなかったものを作ることに成功しました。

五番めは、模型飛行機を飛ばすことでしょうか。ときどき自設計の飛行機を作って、それを飛ばしています。ラジコンが多いのですが、ゴム動力機や紙飛行機もあります。どちらかというと、作っている時間の方が面白いですね。飛ばすのは一回だけ、というものも多い。つまり、単なる確認の行為です。

六番めは、庭園鉄道といって、自分の庭に建設しているミニチュアの鉄道です。模型といっても、実際に大人が何人も乗って走れるほどの大きさです。蒸気機関車が面白く、石炭などを焚《た》いて煙を出して走ります。これも、一番面白いのは、それを自分で作ることです。旋盤《せんばん》やフライス盤などの工作機器が必要で、それをいじっている時間が楽しみです。

七番めは、犬たちと遊ぶことかな。それともドライブでしょうか。そういうことを、思いついたとき、自由気ままにできる。その自由な時間が、面白いと思っています。

Q「今までの人生で『面白かったもの・こと』ベスト7は?」

これも、絞れるものではは全然ないと思います。

面白いものがあれば、それを僕は入手するか、自分で作ります。特に、自分で作ったものは、作る過程が「面白かったこと」になります。そんな素晴らしい思い出も含まれたものが出来上がるので、面白さ倍増といった感じでしょうか。

蒸気の力で走る機関車を何百台も作りました。一番大きいものは、三年ほどかかりました。金属を削《けず》って部品を作り、それらを組み立てる作業が、非常に面白い経験でした。

また、若い頃には、ラジコン飛行機を飛ばすことが、夢のように楽しくて、寝ても覚めても、それを考えるほどのめり込みました。でも、結局、作っている時間が一番長く、そこに面白さの重心があった、と思います。

それ以外でも、「面白かったもの」としてイメージするのは、すべて自分で考えて作り出したものです。「面白かったこと」は、その「作る」ことですね。そこが共通していると思います。

作るためには、まず考えなければなりませんし、知らないことがあれば調べるし、わからないことは試してみる必要があります。それらすべてが、「面白いこと」になります。

大事な点は、自己完結していることだ、と思っています。他者に見せたり、他者と競争したり、他者からの評価を受けたり、あるいは協力を仰いだり、ということをしない。それが、僕が考えている「面白さ」の基本です。

大勢でやったから面白かった、ということは僕にはありません。一人の方が何倍も面白く感じます。最初にお答えしたように、一番面白いことを内緒にしているのも、この道理があるためです。

Q「森さんが考える『面白く生きるコツ』は?」

まず第一に、「自由」を意識することだと考えています。そこに思い至ったのは、三十代の後半だったかと思います。自由というのは、自分の思ったとおりになることです。そして、それを実現するためには、自分で「思う」ことが一番大事ですね。思いさえすれば、あとはそれを自分で実行するだけです。このように、自由は、「自分」が作り出すものです。

「面白い」生き方をするコツは、同様に、自分が「面白い」ことを思いつくことです。それさえ思いつけば、実行あるのみなのです。多くの人が、実行することが難しい、と考えているようですが、それはまったく反対でしょう。実行することは、誰にだってできます。でも、思いつけない、何をしたら良いのかが、わからないのです。ですから、そこを考えることが第一です。

たとえば、「王様のような暮らしをしたい」と思いついたとしましょう。あとは、それを実行すれば良いだけですが、いったい何をしたら良いのかは、なかなか思いつけないのではないでしょうか。「自家用ジェットに乗りたい」のなら、それを実行するだけですけれど、実行するためには資金が必要であり、その資金を得る方法を思いつかなければなりません。そうなると、それを思いつくことができない。できない理由は、最終的には「思いつけない」からなのです。

個人には、いろいろな環境や自身の能力などの条件から不可能なことがありますが、その不可能を克服するために、何をどうしたら良いのかを、思いつく必要があります。それが思いつけないうちは、実行できません。たしかに不可能のままです。

「面白いことがない」という状況は、「面白いことが思いつけない」状況だ、ということです。そして、思いつかなくなってしまったのは、面白さを他者から与えられたり、売っている面白さを買ったりといった生活が続いたからでしょう。与えられたものや、買ったものは、一時的には面白くても、いずれ厭きてしまいます。

自分で思いついたものであれば、考えて、思いつく過程でさらに別のことを連想し、つぎつぎと面白さが展開します。その違いに気づけば、与えられるもの、買えるものでは不充分だとわかるはずです。

【現在についての質問】

Q「森さんは今、何をしているときが一番『面白い』でしょうか？」

面白いことがいっぱいあって、とても全部はできないのですが、少しずつでも、やれる「面白さ」を実行する毎日です。

なにかを作っている時間、なにかを修理している時間、何を作ろうかと考えている時間、どうやってそれを実現すれば良いかと考えている時間などが「面白い」ですね。

作ったものが出来上がったときや、考えたものが実現しそうなときも、それなりに面白いのですが、この歳になると、そういった目的達成後の気持ちは、だいたいシミュレーションができてしまって、それ以前のプロセスのうちから、きっとこれくらい面白いだろう、と予想をしてしまいます。

また、思ったとおりにいかない。何が原因なのかわからない。そういう時間も、いずれはこれが解決するのだな、と想像するだけで面白いですね。上手くいかない時間が長いほど、そこから抜け出すことが面白くなります。

子供のときは、とにかく達成することが面白くて、そこへ向かう過程は、苦労の連続、失敗の連続で、いらいらするし、嫌気がさしたものです。それが、いつの間にか、面白さ、楽しさを感じるようになりました。何故逆転してしまったのか、わかりませんが、諦めないで続けていれば、いずれは面白くなる、ということを知ったからだと思います。

Q「今世の中に足りていない『面白さ』とは何でしょうか?」

人のことは、あまりとやかくいいたくないし、世の中がどうなっているのかも、さほど気にならない人間なのですが、それでも、もし世界中の人たちが自分の楽しみをちゃんと見つけることができて、それを実現することに夢中になっていれば、戦争なんて起こらないし、世の中の争いもずいぶん減るだろう、とは想像します。ですから、その意味では、みんなが面白いことを見つけてほしい、とはときどき考えます。それについて、自分にできることは、ごく僅かですけれどね。

おそらく世の中に足りていないものは、個人の余裕だと思います。たとえば、経済的なもの、時間的なものです。そして、これらは、ようするにエネルギィの問題で、エネルギィが無限にあって、機械がきちんと働いて、生産をしてくれれば、自《おの》ずと人間は自由になって、余裕も生まれるはずです。

エネルギィの問題は、簡単ではありません。一番いけないのは火力発電を増やすことでしょう。これは地球環境の破壊につながります。かといって、原子力は事故が恐いし、太陽光や風力は微々たるものです。これらをすべて上手く組み合わせて、エネルギィの安定供給を図ることが、将来的に人間を豊かにし、そうなれば、自然に誰もが、自分で面白いことを見つけようとするだろう、と思います。人間はそういう本能を持っている、と僕は考えています。

もう一つの問題は、他人と比較をする価値観が世の中に広く蔓延《まんえん》していることです。人を羨《うらや》ましがる、人に自慢したい、など自然なことではありますが、こういう気持ちは、最後には、自分よりも不幸な人がいれば、相対的に自分は「面白い」「楽しい」となってしまうわけです。「金持ちになって、周囲のみんなを見返してやりたい」といった精神も、これです。

人の上に立ちたい、人を蹴落《けお》としたい、それが「面白い」と感じる人が多いうちは、世の中は豊かになりません。豊かになっても、豊かさに偏《かたよ》りが生じたままです。ただ、このような「さもしい」精神も、結局は余裕がないから生まれるのだと僕は考えています。

【「面白さ」の種類や定義について】

Q「面白い、愉快、楽しい、に違いはありますか?」

これは、言葉だけの問題で、人によるし、対象による、というだけです。面白いものに接すれば、愉快になって楽しくなる、というだけで、本質的に違いはないものと思います。

Q「『面白い』はいくつのカテゴリィに分類できますか?」

これについても、人による、言葉の定義による、という点では同様です。結局、自分の満足が得られるもの、という意味では同じなのですが、人間の思考の複雑さに起因して、いろいろなタイプの「面白さ」が生まれ、それが文化の広がりになっているわけです。

日本人には、「侘《わ》び、寂《さ》び」や「風流」といった「面白さ」が古来ありました。これなども、複雑さを持っています。

なにか一つの「面白さ」が出来上がると、今度はそれを破壊する。つぎつぎと違うものが生み出されます。

カテゴリィに分けることは、地球上の生き物を分類するようなもので、もちろん可能ですが、それをしてどうなるのか、という疑問はあります。分類をしても、対象には影響しませんし、なにかが得られるわけでもありません。でも、そういった分類自体が面白いと感じる人もきっといるでしょうから、その価値は認められます。

Q「面白さを『作る』ことと『享受』することについては、いかがですか?」

これは、アウトプットとインプットです。

面白さを作って、それをアウトプットすることで、その面白さが他者に伝わります。面白さをインプットすれば、面白さを知ることができ、多くの人は自分もそれを作ってみたい、と感じるでしょう。

子供は、なにか面白そうなものを見れば、必ず自分でそれをやりたがります。何故なら、基本的に、享受することよりも作ること、インプットよりもアウトプットの方が何十倍も面白いからです。両方を経験すれば、この差がわかります。

ただ、アウトプットには、エネルギィがかかり、時間や体力が消費されます。享受するのは簡単で、すぐに誰でも、面白さを味わうことができます。でも、実は、本当の面白さの何十分の一しか面白くない、ということです。何十倍もの量をインプットすれば、同じくらい面白くなるかもしれませんが、それには、またお金と時間がかかりますね。

人間には、それぞれ違いがあって、向き不向きがあります。ですから、得意なものをアウトプットし、欲しいものをインプットする、という「交換」が行われ、これが社会の基本的な仕組みとなっています。かつては、生きるために必要なものが交換されたのですが、現代では「面白さ」が重要な商品になりました。

そうなると、面白いからアウトプットしている、という昔ながらのスタイルではない「面白さ」の生産者が登場するわけです。この場合は、アウトプットが無条件に「面白い」とはいえないかもしれません。


【面白く生きることについて】

Q「人生に『面白さ』が必要な理由は?」

これは、正直なところ、わかりません。

しかし、面白さを見つけることが、そもそも「生きる」という行為であり、人生の前提ではないか、という気がします。すなわち、理由があることではない、というのが答になります。

もし、「面白さ」を必要としない人生があるとしたら、それは機械になったようなもので、本当に生きているのだろうか、と疑わしく感じるのではないでしょうか。

Q「生きるのが面白くなる考え方、視点はありますか?」

これも、難しい質問ですね。

考え方とか、視点というよりは、まずは「面白い」と感じるものに近づくことが大事だと思います。近づけば、視点が変わりますし、視点が変われば、考え方も変わってくるように思います。そういう順番ではないでしょうか?

現在の生活が面白くないと感じる人は、特に悪いところがあるのではない、と思います。何故なら、「面白くないな」と感じるのは、面白いことを知っているからです。面白いことを知らない人だったら、面白くないとも感じないはずです。

ですから、面白いことへ近づくにはどうしたら良いか、ということを考えるしかありません。

たとえば、面白いと思っていることが法律で禁止されているとしたら、直接は近づけませんね。なにか方法を考えるしかありません。知っていても、できないことは世の中に沢山あります。

でも、できなくても、近づくことは可能です。できるところまで、まずは近づくことが大事だと思います。

近づいてみてから、考える。考えることで、新しい道が見つかるかもしれません。

Q「世の中を、面白く変えて良いとしたら、どうしますか？」

僕の場合、世の中を変えたいと思ったことは一度もありません。自分の人生にしか興味がなくて、世の中をどうこうしたいとは、まったく発想しません。そういったことを考える暇があったら、今自分が楽しんでいることを考えます。

「世の中を変えても良い」という仮定も、意味がわかりません。世の中は、普通変えても良いものではありませんか？　世の中を変えてはいけないと憲法で定められているわけでもありませんし、憲法だって変えることができます。

ですから、質問に対するお答は、「どうもしません」でしょうか。

Q「好きに天国を作って良いとしたら、何から作りますか？」

それが、今の僕の家や庭園です。好きに作っています。何から作るのか、毎日考えていますし、実際に毎日作っています。

それから、「天国」の意味が、今一つわかりません。

【エンタテインメントについて】

Q「今まで読んだ本や観た映画で、『面白さ』が際立っていたものは？」

幾つかありますが、他人に影響を与えたくないので、書かないようにしています。僕が良いと思っても、他者には無関係だからです。

人から「面白い」とすすめられただけで、「面白さ」がなくなります。「面白い」ものは、自分で見つけるから「面白い」のです。

【人生の悩みへの回答】

Q「『つまらない』はどうしたらなくなるでしょうか?」

面白いことをすればなくなる、と考えがちですが、そうではありません。「つまらない」ときに「面白い」ことをすると、「つまらない」と「面白い」の両方が存在する状況になるだけのことです。

「つまらない」を、早く処理することが、「つまらない」をなくす唯一の方法です。処理するとは、それを片づける、という意味です。

たとえば、つまらない会議があったとしたら、その会議に嫌々参加します。そうすれば、その会議が終わったときには、晴れ晴れとするわけで、つまり、つまらなさが消えているのです。

ただ、将来的にこのまま続くのは困る、と強く感じたら、その仕事から離れることです。そうすれば、つまらなさは消えます。

しかし、世の中には、「面白い」ことと「つまらない」ことは、だいたいセットになっていて、どちらか一方だけを得ることが困難なように設定されています。

その困難に挑戦すれば、面白いことだけになるかもしれませんが、「困難」はつまらない、と思う人にはできないかもしれません。

Q「『生《い》き辛《づら》さ』はどうしたらなくなるでしょうか？」

まず、基本的な原理というか、傾向を理解することです。

なにかを積み重ねた結果として、良いことが得られます。畑を耕し、種を蒔《ま》き、雑草を取り除き、しかも天候に恵まれれば、最後に収穫することができます。ものごとは、だいたいこういう仕組みになっています。

「生き辛さ」は、現在収穫がない畑に立っている人が感じるものです。その「生き辛さ」は、その人が長い時間をかけて作り出した結果でもあります。目の前にあるのは、「生き辛さ」が現れるまで、放っておいた畑なのです。

ですから、どうしたら「生き辛さ」がなくなるのかといえば、今から畑を耕し、種を蒔き、雑草を取りなさい、としかいいようがありません。それをすべてしても、天気が悪ければ、収穫はありません。でも、みんながこうして、生きているのです。すぐには改善しません。長い時間がかかると思います。

Q「周りの人から『面白い人』と思われるためにはどうすれば良いですか？」

さあ、考えたこともありません。面白い人と思われることになにか価値があるのでしょうか？　どんな良いことがあるのでしょうか？

人を笑わせて稼ぐのが仕事の人だったら、面白いと思われないといけないと思います。それが仕事であれば、必死で考えて、練習をするなどの努力を重ねるしかありません。でも、そうでないのなら、べつにどう思われてもよろしいのでは？

Q「面白く生きられていない人に共通するものは何ですか？」

これも、人のことをとやかくいう筋合いではない、というのが基本ですが、そうですね……、まあ、あえていうなら、面白さを知らない、面白く生きたいと考えてもいない、という共通点はあるかもしれません。単なる想像です。

それ以外にあるとしたら、「面白くない」と思い込んでしまっている、つまり錯覚もあるのではないでしょうか。この錯覚は、他者と比較をしたり、成功した人を妬《ねた》んだりすると生じます。

畑を耕そうとしているときに、隣の畑で収穫があるのを見たら、「面白くない」かもしれません。でも、それは「面白くない」のではなく、「面白さ」が見えていない、これから自分にも訪れる「面白さ」に気づいていないだけです。できることは、自分の畑を耕すことしかありません。

Q「生きるうえで最低限必要な『面白さ』とは?」

人によって違うと思います。

これはおそらく、自動車の燃費や、小食か大食いかなどよりも、もっとずっと大きくばらついているはずです。少しの「面白さ」で生きられる人もいれば、沢山の「面白さ」がないと生きられない人もいます。前者は慎《つつ》ましく生活ができるし、後者は、ばりばり働いて大儲けをしないと生きられません。どちらが良い悪いということもなく、どちらが得で損だということもありません。

自分に合った生き方ができれば、けっこうなことだと思います。

ついでに、「最低限」というと、なにか量的なものを思い浮かべてしまいますが、「面白さ」は「量」で測れるものではなく、無限の方向性があって、どの方向を目指すか、に違いがありますし、もちろん、沢山の方向を一度に目指すこともあると思います。

これが、最低限必要だ、といった状況は存在しないし、それを認識することもできません。

Q「森さんが死ぬまえにやっておきたい『面白い』ことは?」

生きることです。生きることが、面白いことをやっている状態です。死ぬまでは、生きていたいですね。

Q「面白く生きるうえで、一番大切なことは何でしょうか？」

一番といえるかどうかわかりませんが、面白さを自分で模索し、作り出すことでしょうね、たぶん。言葉にすると、そうなりますが、具体的にそれが何かは、各自で探すしかありません。

「面白さ」は、発見するものというと、少し違っている気がします。発見できるのは、既に存在するものだからです。「面白さ」は、自分で作らないと生まれません。誰かからもらうこともできないし、どこかに落ちていて、拾うこともできません。

また、「面白さ」は生産するものというと、これも少し違っている気がします。作るものではあるのですが、設計図などはなく、何をどう作るのかを誰も指示してくれません。つまり、労働として、あるいは技術として、作る能力だけがあっても、作れないものなのです。何を作るのかを、まず自分で考えなければならない、という意味です。一番似合う言葉は「発明する」かな、と思います。「面白さ」とは、発明するものでしょう。自分で考えて、これまでになかったものを発想したうえで、実際に自分の手を動かし作ってみることです。考える段階でも、作る段階でも、試行錯誤があり、そのときどき工夫も必要です。

ですから、見つけるだけでもなく、また作り出すだけでも駄目で、その両方を組み合わせたチャレンジがあって、初めて手に入れることができるものだと思います。

それから、もう一つ大事なことは、その「面白さ」を好きになることでしょう。好きになれば、多少の苦労はどうってことないし、いつも頭から離れないから、どんどんアイデアも生まれると思います。

ただ、好きであり続けることは、非常に難しい。厭きてしまうかもしれません。面白さは、好きなことをしていれば比較的簡単に得られますが、それだけではすぐに消えてしまうことが多いのです。

ですから、ずっと面白く生きたいのなら、どんどん好きなものを増やしていかないと難しいかもしれません。

さらに、「元気」も、「面白さ」と関連があります。面白ければ、元気が出ます。元気があれば、面白くもなります。これは、生きることが「面白さ」を目的としているからだと思います。

そういう意味では、健康に気をつけることは、条件として挙げられるかもしれません。

第五章　「生きる」ことは、「面白い」のか?

面白い人生は、みんなのテーマ

本章からは、普通の人、つまり個人が、他者のためではなく、自分自身のために「面白さ」を作る、という話になる。もう少し噛み砕くと、「面白く生きる」ことについてである。さて、どうすれば、面白く生きられるのだろうか？

あまりにもテーマが大きすぎるのではないか、と思われる方が多いかもしれない。それこそ、人生に関する究極の問いではないか、と。そんな大問題が、一般論として論じられるのか。そもそも問題として成り立つとも思えない。僕も、そう考えている。

しかし、この本を書く間だけでも考えて、近づいてみようと思う。なにしろ、考えなければなにも生まれない。探さなければ見つからない。そして、僕の場合は、書かないと本にならない、のである。

「面白い」「楽しい」などのキーワードでネットをざっと眺めてみると、やはり関心の高いテーマらしく、調査結果なども沢山報告されている。ここではごく少数だし、詳しく引用などはしないが、だいたいの傾向を挙げてみよう。

仕事の面白さとは?

まず、若い方に関心があるのは、仕事の「面白さ」のようだ。これから就職する人、あるいは今の職場に不満があって転職を希望している人などが、結局どんなことを仕事に期待しているのか、といえば、「やりがい」といったワードに行き着く。

「楽しく」仕事がしたい、「面白い」仕事がしたい、とみんなが希望している。実際、アンケートによると、「仕事が『楽しい』と感じることがない」という人が四割以上いるという(二〇一六年の調査)。

仕事が「面白い」という人は、その理由として、「自分の好きな仕事だから」「職場の人間関係が良いから」「やっただけ評価してもらえるから」と挙げているのに対して、仕事が「面白くない」という人は、「きつい」「時間的に拘束される」「人間関係が良くない」などの理由を挙げる。人間関係については、まったく正反対だ。

また、どんなときに仕事が「楽しい」と感じるかを調べた調査では、「感謝されたとき」「目標を達成したとき」「自分が成長できたとき」が一、二、三位で挙っていたけれど、これらを合計しても、割合は四割に満たない。もっとそれぞれ個別の理由があるということだろう。

僕が不思議に感じたのは、「賃金を受け取ったとき」と答えた人がいないことだ。仕事とは、苦しいことを買って出て、その対価として報酬を受け取る交換であると僕は認識している。したがって、仕事に「面白さ」があるとすれば、金が稼げたことが一番なのではないのか、と思うのだ。あまりにも当然だから、誰もそれを答えないのかもしれない。

仕事で褒められたい若者たち

また、この頃の若者に多く見られる傾向として、誰かから「感謝されたい」という欲求がある。人から「ありがとう」と言われるような仕事をしたい、と考えている人が多いのだ。

おそらく、ネットで育った世代だから、「いいね」の多さが価値だと認識しているのではないか、と思われる。子供の頃から周囲はなんでも褒めてくれた。そういう人が、その価値観を持ったまま就職すると、実社会では意外に褒められないことに愕然《がくぜん》とするのかもしれない。逆に、上司からも客からも叱られるばかりだ。これで仕事に耐えられなくなる、という人が非常に多いらしい。

実は、だいぶ以前からこの傾向はあった。僕は大学に勤めていたので、学生たちから就職の相談を受ける機会が多く、また就職後も、職場の悩みを多く聞いてきた。退職したり転職したりする人も大勢見ていた。

ただ、今は退職も転職も当たり前になった、という違いでしかない。かつては、仕事を辞めることには抵抗があったが、今はそれがない、というだけだ。これは離婚でも同じである。

「面白くない」から仕事を辞める

仕事に「面白さ」を求めて臨むと、「面白くない」から辞める結果になる。求めているものが、最初から少しずれているのかもしれない、と僕は感じるが、しかし、だからといって、それは間違っているというわけでもなく、個人それぞれが自分の生き方を求めるのが正解だろう。

一般的にいえるのは、どんな仕事でも、面白い部分と辛《つら》い部分がある、ということだ。どちらかだけということは、まずない。割合としてどちらが多いか、また自分はどこまで許容できるか、ということで各自が判断をすれば良い。無責任に聞こえるかもしれないが、我慢をしたくないのなら、早く辞めた方が良いだろう。しかし、辞めた瞬間は解放されても、その後もっと辛い思いをしなければならなくなるかもしれない。少しさきのことを予測して選択をすることが必要で、誰もがそうしてきたことである。

「面白い人生」と「幸せ」は同じ

さて、仕事の「面白さ」が最初になってしまったが、本来はもっと大事なものがある。仕事は生きるための手段であって、人生そのものではないはずだ。仕事は、嫌なら辞められるが、人生はそういかない。

人生が「面白い」と感じられることを「幸せ」という。つまり、上手く生きられている状況が、「幸せ」と呼ばれるものだ。

本来は、自身で観測し、自身で評価するものだが、ときには、他者を見て、「幸せそうだ」と感じることもある。本当に幸せかどうかはわからないけれど、そう思えるだけで、こちらまで幸せな気持ちに少しなる。人間には、そういった機能が備わっていて、他者に憧れることで自分が元気になれる。「幸せのお裾《すそ》分《わ》け」のように表現されることもある、「共感」という現象だ。

人生の「面白さ」とは何か、という問題は、一言で答えることは不可能だ。まず、人それぞれ、人の数だけ違った「面白さ」があるし、また一つの要因で人生が面白くなるのではなく、さまざまな条件が重なって、結果として「面白い」と感じられる。

人生の満足度は世代によって違う

ネットを眺めたところ、人生の満足度について調べた結果が報告されていた。それによると、人生の満足度は、若者では低下傾向にあり、老年では増加傾向にある、とあった。これは、主観の問題なのか、社会の問題なのか、はっきりと区別することが難しいだろう。

今の年寄りは、高度成長期の社会を生きてきたわけで、彼らが若い頃に比べれば格段に豊かになる経験ができた世代である。そういう意味で、幸せだと感じやすいのではないか、と思われる。

一方、今の若者は、その老年層が若かった時代よりもはるかに豊かな生活をしているはずだが、若者は昔と比べるようなことはしない。どちらかというと、将来性を気にするだろう。自分が生きていく未来のことで不安を抱く。今は良くても、このさきどうなるのか、と不安を感じれば、人生の満足度は下がる。そういった理屈ではないか。

その証拠というわけではないが、小学生から高校生の子供を対象にアンケートを取ると、自分は今は幸せだ、と感じると答える人が八割以上になる。特に、友達と一緒にいるのが楽しい、という回答が九割以上にもなっていた。

マスコミが頻繁に伝えるような、悲観的な大衆感情は、少なくとも、子供たちにはないようである。平均的には、多くの子供が人生を「面白い」と思っているという結果だ。

大人になると、幸せを見失う?

子供のときは幸せだったのに、大人になり就職し、社会に出ていくと、急に「面白い」ものが減ってしまうのだろうか? 友達と一緒に遊ぶ時間がなくなったことだけが原因だろうか?

いろいろな問題があるとは思うが、僕が一つ気づいたのは、その「友達と一緒にいる」ときの「楽しさ」が抱える問題である。

たしかに、みんなと遊ぶ時間は面白い。誰だって、子供のときのことを覚えているだろう。あんなに楽しかった時間は、大人になってからは得難いものとなる。友達だけではない。家族もそうだろう。子供のときは家族で一緒に遊園地へ行った、親が遊んでくれた、なにかを買ってくれた、という楽しさの記憶が沢山あるかもしれない。「家族が一緒にいる」という状況は、それだけで楽しいものと感じられる人も多い。

どこに問題があるのか。それは、それらの楽しさ、面白さが、他者に依存している、という点である。

友達や家族というのは、自分ではなく、他者である。人はそれぞれに人生を歩んでいる。学校の頃に友達と遊んだ時間は、友達も学校へ行っていたし、そういった時間を共有する環境にあった。家族も同じく、一緒に時間を過ごす環境にあった。子供が小さいときの両親は、子供のために時間を使う。一所懸命に育てる。

それらの「面白さ」は、与えられていたものだった。ところが、社会に出ると、会社も、仕事仲間も、友達ではないし、家族でもない、つまり誰も「面白さ」を与えてくれない。それが、普通の人間関係であり、普通の環境なのだ。

他者がいないと生まれない「面白さ」

子供の頃に、こういった「面白い」環境で育った人ほど、社会に出てから、そのギャップに驚き、寂しさを感じることになる。これは必然的ともいえる。

この時点で、「これまでは与えられてきたから、これからは自分が誰かに与えられるように頑張ろう」と切り換えられれば問題はないけれど、なかなかそうもいかない。誰に与えれば良いかもわからない。この結果、仕事をした相手(客)から「感謝されたい」といったような屈折した心理も生まれるのではないか。

他者がいないと生じない「面白さ」しか知らない人は、一人になったときが地獄のように苦しく感じられるらしい。生きることは、楽しさがあってこそであり、面白いことがなくなれば、生きた心地もしない、というわけである。

「一人の面白さ」が本物

対処法は、自分一人で「面白い」と思えるものを探すことである。

これは、大勢の中でしか面白いものはない、と思い込んでいる人には、発想もできないことらしい。でも、実は逆である。自分一人の「面白さ」の方が、大勢のときの「面白さ」よりも、ずっと大きいし、長続きするのである。僕は、「一人の面白さ」こそ、本物だと考えている。

大勢の「面白さ」しか経験しなかった人の多くは、それまでの人生で、一人だけの「面白さ」を避けてきた。そういうものに少し手を出しかけたことがあっても、「暗い」とか「オタク」だとか指摘されて、引き戻されてしまった。

ところが、実は大勢で集まらないと楽しめない人たちというのは、「一人の面白さ」から落ちこぼれた集団だったのである。だから、抜け駆けして本当の「面白さ」に手を出そうとする仲間を牽制《けんせい》し合って、集団の結束を維持していたのだ。

集団になるのは弱いからである。仲間外れにされた社会的弱者や、暴力団などの法律で禁止された弱者になる人たちは、グループを組まざるをえない。グループを組むことでしか立場が保てないからだ。

大勢で集まって酒を飲み、わいわいがやがやと騒ぐ人たちは、実のところは「面白さ」を知らない「寂しい」人たちである。だから、しかたなくそういった仮想の「面白さ」に一時的にでも酔っている、という構図が見える。

他者に依存した「面白さ」は持続しない

酔っ払った集団が暴徒と化して、人を襲ったり、物を壊したりするのは、やっている本人たちには「面白い」と感じさせるものがあるためだが、客観的に見れば、非常に「寂しい」状況といわざるをえない。そんなふうにしないと「面白さ」が味わえないのか、という哀《あわ》れさがある。

本当に「面白い」と思っているならば、一人でできるはずだし、素面《しらふ》でもできるはずである。

家族で楽しむ光景も、同じような危うさが見える。家族は、自分ではない。それぞれに人生があり、それぞれが自分の好きなように生きる自由を持っている。それに対して、「一緒に楽しもう」「みんなと一緒でなければ面白くない」と感じるとしたら、やはり精神的になにか欠けたものがある、と自覚した方が良いだろう。

家族にサービスをしたい、という「与える側」の面白さであれば、さほど問題はない。それを受ける側は、子供のうちは嬉しがるが、大人になったら「ありがた迷惑」と感じる程度で済む。さほど悪くない。与える側の面白さは、自分一人のものだからだ。

ところが、もらいたい側になると困った事態を招く。家族から、自分がもらいたいものがあると、他者に期待することになってしまい、相手には負担を強《し》いる。いずれ離れていってしまうかもしれないし、そうなったときに代わりの人はいない。与える側だったら、代わりの受け手が見つかるかもしれないが、もらいたい側は、与えてくれる人を見つけることが難しいだろう。

結局、他者との関係が必要な「面白さ」というのは、維持が困難となる。つまり、将来にわたって持続し、発展するかどうかは常に不透明だ。多くは、期待よりも早く破綻する結果となる。

歳を取るほど孤独になる原則

もう一つ、念頭におくべき大原則がある。人間は、死ぬときは一人だ、ということだ。一般に、若いときほど仲間が多い。若い人は、そもそも友好的であり、相手を毛嫌いせず受け入れる性質がある。ほとんどの動物にこの傾向があるから、本能的なものといえるだろう。

しかし、年齢を重ねるほど、自分は相手を受け入れなくなるし、相手も年寄りを避けるようになる。大雑把にいうと、死ぬまでに一人になれるようにできているといっても良いほど、少しずつ孤独へ向かうのである。

結婚していても、子供があっても、ずっと離れずに理解し合って生きることは、想像以上に難しい。かつてに比べて、人は長生きするようになった。老人になってからの時間が格段に長くなっている。であればなおさら、一人で楽しめる「面白さ」を持っていることは、生きるために実に大事な要件になるはずだ。

「孤独」から生まれる「面白さ」もある

かといって、「孤独」を過剰に恐れる必要はまったくない。そもそも孤独は、それほど酷い状況ではない。最低でもなければ、最悪でもない。さきほどは「寂しい」を悪いイメージで使ったが、僕は寂しい状況が大好きだ。「暗い」のも嫌いではない。部屋はあまり明るくない方が落ち着いて良いと思っているし、寂しい時間というのは、静かでじっくりとものごとに取り組める貴重さがあり、掛け替えのないものだ。だから、僕の「面白さ」は、ほとんど「孤独」から生じるといっても良いほどである。

一人暮らしの人が亡くなると、マスコミは「孤独死」という表現を使う。だが、その人が孤独だったかどうか、何をもって証明できるだろう。本人は、一人で人生を謳歌《おうか》していたかもしれない。「孤独」なんて微塵《みじん》も感じていなかったかもしれないのだ。

一人暮らしであっても、今はネットがある。どこでも誰とでもコミュニケーションは取れる。一人で楽しめる趣味も多いし、「面白い」時間を過ごすことは、むしろ一人の方が手軽だ。誰にも気を遣《つか》う必要もなく、自分のペースで生きられる。まさに「自由」を感じられる体験といえる。

「孤独の面白さ」こそ将来有望だ

「でも、看取《みと》る人がいなかったら」と眉を顰める人がいるかもしれない。だが、人間は死ぬときは誰もが一人なのだ。死ぬときに周りに何人いても、一緒に死ねるわけではない。どこで、どんなふうに死のうが死んだらお終い。すべてが消えることに変わりはない。

人生の「面白さ」は、生きているうちに味わう以外にない。生きているうちしか、「面白い」と感じられないのだ。どんな死に方も面白くはないのは自明だが、死後に墓に入って、天国へ行って、と想像するのは、生きているうちのことで、死んだら墓も天国もない、というのも自明である。

「孤独死」という言葉は、二つの間違いを含んでいる。一つは、孤独が悪いものであるという思い込み、もう一つは、一人で死んだら孤独だったという思い込みである。

日本の社会は、既に個人主義にシフトしていて、昔ながらの村社会ではない。田舎《いなか》にはまだそれが残っているかもしれないが、そういった「絆《きずな》」が嫌で飛び出した人が都会に集まっている。田舎はますます過疎になり、逆戻りするような気配はまったく見られない。

将来的には、人はみんな孤独の中で「面白さ」を見つけて生きていくしかない、というのが世の中の流れである。それに合わせて、個人向け、孤独向けの「面白グッズ」のようなものが、沢山出回っている。いわゆるエンタテインメント商品であるが、衣食住がほぼ事足りる豊かな社会になって、次に来るのは、個人の「面白さ」の供給であることはまちがいない。

生きるとは、面白さを探す旅

ビジネスの多くは、「面白さ」を作って売るものになるだろう。そういう業種の割合がこれからは増える。既に、衣食住も、生きるために必要なものを供給するレベルではなく、より快適なものへとシフトしている。より「面白い」ものが求められる時代になっているのだ。

そこで、また、本書の前半で考察したテーマ、「面白い」とは何なのか、どうやって作り出せば良いのか、という話に戻ることになる。

人生には、「面白さ」が必要である。というよりも、生きることが「面白い」ことを探す旅だといっても良いだろう。

そして、その「面白さ」を得るために、なんらかの仕事をして生活を維持することになるが、その仕事でもまた「面白さ」を他者に提供するサービスに従事するわけである。世の中は、今や「面白さ」の交換によって成り立っている。「面白さ」は天下の回りものなのだ。

「生きる」ことは「面白い」ことなのか?

それは、若者が悩むテーマであるかもしれない。簡単に答えれば、「面白い方が生きやすい」ということだと思う。だが、もっと大事なことは、「面白いものは、生きていないとわからない」という点である。

個人の人生に、どのようにして「面白さ」を取り入れるのか、といった具体的な話を、以降の章に述べていこう。

第六章　「面白さ」は社会に満ちているのか？

趣味の充実のために、小説を書いた

僕は、たびたび「自己満足が人生の目的だ」といった主旨のことを書いている。現に、僕が小説を書き始めた目的は、趣味の活動のための資金を稼ぐことだった。趣味の工作を思う存分楽しみたい、と考えたからである。

まず、作りたい機関車があり、そのためには旋盤などの大型の工作機器が必要だったが、それには最低でも百万円ほどかかる。また、作った機関車を走らせる場所も必要となるだろう。そのために田舎に土地を買う計画を持っていたが、これにも資金が必要である。当時は、子供たちも小学生で、まだしばらくは家計も苦しい。だが、早く始めないと、という意識が、自分の人生の残り時間を考えれば、自然に沸き起こった。

それまで、一度も小説など書いたことがなかったが、勤務をしながら夜にできるバイトとして思い立ち、挑戦してみたのである。

社会貢献より自己満足なのか?

僕が「金儲けのため」や「自分の趣味のため」に小説を書いた、ということに対して、若者の中には、「がっかりした」と感じる人が当然いるだろう。彼らの主張は、「もっと社会の役に立つことが、生きる目的であるべきだ」という信念に基づいているようだ。

それは、大変立派な心掛けというか、僕は感心するばかりである。皮肉で言っているのではない。それは明らかに正義だろう。否定するつもりは全然ない。

ただ、僕は、そのバイトを始めた年齢のとき、もう社会への貢献はした、と感じていたし、現在は還暦を過ぎた老人であり、社会への貢献は、もうこれくらいで充分だろう、と思っている。それが正直なところだ。

それから、もう少し穿った見方をすれば、社会への貢献を量で測るとしたら、それは納めた税金の額ではないだろうか。客観的に見て、これが一番直接的な指標である。つまり、仕事をして金を稼げば、それに応じて納税するわけで、それだけ社会貢献していることになる、というのが僕の認識でもある。

「社会のために尽くせ」という教え

納税では足りないというのならば、自分がここぞと思うところへ寄付すれば良い。僕も実際に寄付をしたことがある。ただし、絶対にそれを公言したりはしない。褒められたくないからだ。僕は人から褒められることが嬉しくない。むしろ損をした気になってしまう。

その理由は、特に考えたことはないが、人に褒められるため、すなわちイメージ作りの一環、広報活動として慈善事業をしている、というシチュエーションが、自分としては「美しくない」という感覚を持っているからかもしれない。このあたりは、個人それぞれの勝手で、僕の価値観を人に押しつけるようなことは絶対にしたくない。それもまた、美しくないからだ。

どうして、「自己満足」がいけないものになったのか。自己満足ではない満足とは何か、という点も疑問に思っている。おそらくそれは、「私利を求める私欲ではなく、社会のためになるように」との教育から来ているものだろう。

人間というか、動物はみんな生来、自分の欲求のために行動する。自分の満足に向かう判断をする。だが、それでは共存共栄を基盤とする社会では不適合だ、という考え方がある。みんなのためになることを優先しなさい、自分のことは犠牲にしろ、と教える。こういった教えは昔から多く、宗教にも、道徳にも、盛り込まれているところだ。

集団への貢献は既に前時代的

何故ここまで、自分を殺して社会に貢献することを重要視したのかといえば、集団の結束が「力」になった時代だったからだ。今のような個人の人権など、認められていない。頂点に立つ王様や将軍のために、大勢が命を捧げて働く。このように力を合わせなければ、大きな事業は成り立たない、それでは他の集団に負けてしまう、という時代だったのである。

だが、今は明らかにそうではない。たしかに、会社などではまだ社員が一致団結し、懸命に働かなければならないかもしれないが、それさえ、近頃では「働き方改革」として是正されつつある。「会社のために働け」は、前時代的な考え方になったといえる。あくまでも、個人の満足が最優先なのだ。それを無視して、協力を強制することはパワハラとなる。過度なものは違法と判断される時代になった。

そうしてみると、「自己満足」というものが、今や完全に復権しているのではないか、と観測できる。自己満足がいけない、という方向性は、今ではパワハラに近い意見と認識しなければならないだろう。

個人の満足が正義になった

さて、そんな社会の動静に関係なく、そもそも「満足」というものは、個人的なものである。「みんなで満足する」ことがあるとしたら、言葉はやや不適切かもしれないが、それは一種の集団催眠のような幻想であって、一時的なもの、陶酔的なもの、洗脳された人たちが感じるもの、といえるかもしれない。今の世の中は、その認識が一般的だろう。この理屈がまだ呑み込めない人は、年齢の高い方に多いと想像されるが、意識して改めた方が良い、というのが僕の意見である。

現代では、個人で楽しもう、個人が自由に面白いことをして生きよう、がまぎれもない正義となった。

以前は、そういった個人の好き勝手にさせていたら、社会の秩序が乱れる、という考え方がメジャだった。富が一部に集中し、大勢から搾取して成り立っていた封建社会だったから、自由にさせていたら暴動になる、という恐れがあったためだ。

現在では、個人の権利が認められ、機会は均等に与えられるよう、法律で定められた。社会全体が豊かになったのは、人間以外のエネルギィが用いられるようになったからであり、機械やコンピュータの導入や発展によって、人間の労働が絶対的に必要ではなくなったからだ。さらに、大勢が意見を交換できるような情報化社会になったことが、不正が行われにくい社会を作ったともいえる。

こうして、ようやく個人の楽しみが、いけないことではなくなった。誰もが「面白い」と思うことを実行できる時代になったのである。

「面白さ」が大量生産された時代

だからといって、すべての人に対して、「面白さを追求しろ」などと煽っても、「ちょっと疲れてしまうかも」と思う人も多いかもしれない。「面白さ」を見つけたり、作ったりするのは、それなりにエネルギィが必要だからだ。待っているだけで、突然訪れるほど、「面白さ」は社会に満ち溢れているものではない。空気のように漂ってもいないし、自然に流れてくるようなものでもない。

だが、ここでまた、ちょっと先見性のある一部の人が、「面白さ」を生産することを思いついた。みんなが平均的に豊かになれば、衣食住の充足のほかにも、「面白さ」を求めるようになり、そういったものに金を使うような社会になるはずだ、と予見していたのだろう。

初期には、そうでもなかったかもしれない。自分が面白いと思ったものを、私財を投じて作り上げた。あまりにも「面白い」と感じたので、みんなに分けてあげたい、という気持ちもあったのかもしれない。儲けようという気持ちか、それともみんなを楽しませようというサービス精神か、その両方だったのか、動機はいずれにせよ、とにかく、「面白さ」は、あっという間に量産されるようになった。これが儲かる、となれば参入する業者は増える。ちょうど、あらゆるものが大量生産され始めた時代だったから、価格はどんどん下がり、大衆にも手が届く値段の「面白さ」が実現することになった。

量産化された「面白さ」の価値

映画もそうだし、遊園地もそうである。旅行も安くなり、大衆化した。あらゆるレジャが、大衆の手が届く商品になった。こうして大部分の人たちが、これら商品化した「面白さ」を買う消費者となった。

そうなって、まだ百年ほどではないか、と思う。それ以前は、ごく一部の金持ちしか楽しめなかったジャンルも、ほぼすべて大衆化した。誰でも、金さえ出せば手にすることができる。なにかに絞って、あるいは生活費を削ってまでして、「面白さ」を手に入れる人も増えたはずである。逆にいえば、「面白さ」は人が生きるための糧《かて》となったのだ。

大金を注ぎ込むほど、より大きな「面白さ」が手に入るが、しかし、金額に比例して「面白さ」が増えるわけでもない。これは、どんな商品にもいえる法則だが、高くなるほど、価値の増分は小さくなる。すなわち、頭打ちになる。二万円の食事は、二千円の食事の十倍も美味《おい》しいわけではない。またその差は、二十万円の食事になると、さらに小さくなる。高い商品に金を使うのは、その僅かな価値の差に満足できる精神の持ち主である。また、その僅かな差でも、他者と比較することで優位性に満足できる人だ。「面白さ」の際限はないものの、消費する金には限界がある。そんなに個人で稼げるわけではない。また、新たな「面白さ」に鞍替えすると、初期のコストパフォーマンスに優れた「面白さ」からスタートできるので、そちらの方がずっと楽しめる、ということになりがちである。

したがって、大衆はどんどん次の「面白さ」を求めるようになる。その需要に応えるように、つぎつぎと新しい「面白さ」が生産され、市場に送り出されるのだ。

「面白さ」が市場に行き渡るとき

完全に消費されるタイプの「面白さ」であれば、これで市場は回っていくことになる。たとえば、映画や遊園地や旅行などは、一回観たり行ったりして体験すれば、あとに残るのは記憶だけである(せいぜい写真かお土産程度だ)。しかし、映画はDVDになり、デジタルで配信されるようにもなった。本や漫画などもデジタル化される。いずれは、遊園地も旅行もバーチャルリアリティになるだろう。

そうなると、一回の体験で消費されてお終いにならない。つまり、コンテンツはいつまでも残る。たとえば、本や漫画が家の書棚に沢山ある、という状態も同じだ。こうなると、その家に生まれた子供は、親が買ったコンテンツで「面白さ」を無料で楽しむことができる。

この「蓄積」の問題は避けられない。完全に自分のものにしたい、という欲求があるからこそ、そういった蓄積可能な商品が登場したのだ。それに加えて、新しいコンテンツがつぎつぎと登場する市場では、古いコンテンツは値段を下げる。最後は、著作権が切れて無料で配信されるようにもなる。

コピィができるコンテンツ（音楽、映画、絵画、文学など）は、いずれは世の中に行き渡ることになる。今はまだ過渡期だが、近い将来には必ずそうなる。しかも、地球上の人間はもう増えるわけにはいかない。これからは人口は減る方向である。

「面白さ」は古くなるのか？

さて、人々は、これからさきも相変わらず、誰かが作った「面白さ」に金を出して、楽しい人生を買って生きていくのだろうか？

否、そうはならない。金を出さなくても、そこそこに「面白い」ものがいくらでもある時代になる。つまり、「面白さ」は使い古されることがない。デジタルになれば、劣化しない。それに初めて接する人には、完全に新しい「面白さ」だからだ。

ただし、無料でどこにでもある、いつでも手に入る、という環境になれば、おそらく大勢の人が、それらをそれほど「面白い」と感じなくなるのではないか、と僕は予想している。現在既に無料のコンテンツが多く出回っているが、そのために新作がまったく売れないという事態にはなっていない。

一つには、「古い」という心的なマイナス要因がある。「面白さ」はどんどん新しく作り替えられていくので、それらと比較されるため、幾分だが色褪せてしまう。たとえば、明治、大正時代に作られたものが無料だからといって、それだけで人生が楽しめるほど「面白い」だろうか、と考えれば理解できると思う。もっとも、当時は今ほど「面白さ」が量産されていなかったから、量的に不足している、という問題もある。

技術の進歩が「面白さ」を更新する、という部分もある。これまでになかった「面白さ」の再現法が編み出されるだろう。そうなれば、古いものは一気に色褪せる。だから、新しい「面白さ」に人々を惹きつけ続けることができる、という観測も可能だ。

「面白さ」いっぱいの楽しい社会とは?

ネット社会が十年以上続き、今既にこのような社会に半分なっている。あらゆる「面白さ」が売られているし、金がなければ無料で入手できる「面白さ」もいくらでもある。そんな、天国のような「面白さ」全盛期ともいえる時代になったのに、大勢の人が、「生きるのが面白くてしかたがない」とは感じていないようである。アンケートにもそういった数字が表れる。さきほども述べたように、特に若者は、僅かな割合の人しか「人生の面白さ」を感じていない。

何故だろうか？

生きることに必要な「面白さ」が社会にはないのだろうか？

どうも充分にはない、というのが本当のところらしい。では、それは何故なのか？　どうすれば、もっと沢山の「面白さ」が出現するのか？　どんな社会になれば、みんなが「面白さ」を選《よ》り取りみどりで眺める状況になるのだろうか？

仕事があるから、「面白い」ことができない？

まず、それは政治の問題ではない、ということは僕にもわかる。世の中には、政治が悪いから、自分の生活が面白くない、と考えている人がいるかもしれないが、政治は個人の「面白さ」までは面倒を見てくれないだろう。

そういった不満を語る人は、収入が充分でないから面白く生きられないのだ、と思い込んでいるはずだ。しかも、満足な収入が得られないのは、社会のシステムの不備によるものだ、と発想している。

たとえば、仕事が忙しくて楽しむ暇がない、という人がいる。そういう人は、仕事さえなければ面白い生き方ができる、と考えるかもしれない。だが、休日に何をしているのか、といえば、ただ半分は寝ているだけ、残りもぼうっと過ごして終わる。仕事がない日も、面白くないのはどうしてなのだろう? 答はいたって簡単だ。面白いことをしないから、面白くないのである。

一方、面白い生活をしている人は、仕事もしているが、暇を惜しんで面白いことをしようとしている。仕事も一所懸命こなすが、それ以上に自分の楽しみに力を入れ、熱中している。ほぼ例外なくそうしていることが観察できる。このような結果から、仕事があるから面白いことができない、というのは間違った認識、思い込みである可能性が高いように思えるが、いかがだろうか？

若者は何故「面白い」と感じないのか？

ということになると、現代の若者の不満の多くは、社会の問題ではないのか？

これは、昔の日本を知っている老年ならば、確実に納得できるはずだ。誰がどう見たって、今の方が「面白さ」が沢山社会に存在し、しかも破格に安くなったし、誰でも手が出せる時代になっている。それだけではない。今は、遊んでいても誰にも後ろ指差されない。好きなことが、周囲の目を気にせずできる時代になった。

それでも、若者は「面白さ」が少ない、と感じる。どうしてなのか？

一つ考えられる理由としては、「面白さ」が多くなりすぎ、手軽になりすぎ、宣伝されすぎて、「面白さ」の魅力が見えないようになってしまったことがあるだろう。あまりにも、自己アピールする「面白さ」ばかりに囲まれ、どれも胡散臭《うさんくさ》く見えてしまう、というのが若者の心理なのではないか。

また、もう一つの理由は、若者は「面白い」ものを見ているのではなく、他者よりも「面白い」ものを求めている、という点だ。いくら「面白さ」が普及しても、相対的な価値を重視すれば、むしろ埋没してしまう、という感覚なのではないだろうか?

手に入れにくいものほど「面白い」と感じる

そういった相対的な価値観を除外しても、不思議なことに、簡単に手が出せるものには、ありがたみが感じられない、という現象がある。苦労をして手に入れたものほど、自分にとって価値があると思える。人間の価値観とは、基本的に自分の時間や労力との交換で測られているのだ。

たとえば、バイトをして稼いだ金は、少額であってもありがたく感じられ、大事に使おうと考えるが、籤《くじ》に当たった金は、あぶく銭だといわれ、自分でも後悔するほど無駄な使い方をしてしまう。新発売のときに列に並んで高く買った品には愛着が湧くが、中古品で安く手に入れたものは大事な逸品とはなりにくい。まったく同じ品を買っているのに、同じ機能を果たすものであるにもかかわらず、自分が交換した額で、そのものの価値を評価する（評価したい）のである。

これは、ペットでも観察される。僕は犬を何匹か飼っているが、飼い主から与えられたおもちゃにはすぐに厭きてしまうが、自分が見つけたものには相当愛着があるように観察される。おそらく、子供も同じだろう。親が与えたものではなく、自分で手に入れたものは、その子にとって価値が高いものになる。

「面白さ」の条件は簡単に得られないこと

「面白さ」の商品に満ち溢れている社会に生きている現代人は、ある意味で本当の「面白さ」を体験できないのかもしれない。御伽噺ではないが、お菓子の家に育った子供は、お菓子など当たり前すぎて、どうしてもそれが食べたいという気持ちにならないだろう。この理屈は、要約すると「刺激」というファクタだと思われる。刺激は、少ないうちは刺激的だが、多くなると効かなくなる。脳がその刺激に慣れてしまうため、刺激として感じられなくなる。言葉にすると、「慣れる」あるいは「厭きる」である。

贅沢といえば贅沢かもしれない。つまり、豊かな社会において、「面白さ」はむしろ得難いものになっているのだ。

もちろん、子供のうち、若いうちは、それがわからない。彼らにとっては、どれも新しいものであり、どれも魅力的だからだ。目移りするほど沢山の「面白さ」があって、しかもどれも手招きしている。「初回無料」などと誘っているから、入門のハードルは低い。

このようにハードルを下げるのは、競合する「面白さ」が多いため、市場原理としてそうならざるをえないのだが、これが実は逆効果でもある。

一般に、入りやすいところは出やすい、といえる。安い買いものは身につかない、ともいう。簡単にできてしまうと、ありがたみが感じられない、という意味では、むしろ価値を下げる方向である。ブランド品が、どうして高い値段を設定しているのかというと、こういった原理から導かれた商法だからだ。

「面白さ」の理由は、達成感にある

現代では、なにもかも「簡単」になってしまった。技術的に難しいものは、工夫をして簡単になるように発展する。工学の基本的な方向性でもある。

難しいものは、最初から敬遠され、商品として排除される。料理なら「食べやすい」ものが好まれ、本なら「読みやすい」ものが売れる。若者は「働きやすい」職場を求めているし、「暮らしやすい」場所が人気になる。そのうち、「入りやすい」大学ばかりになり、「つき合いやすい」パートナを探すようになるだろう。冗談のつもりで書いたが、本当にそうなりそうな気配もある。

この「簡単」という方向性も、また「面白さ」にブレーキをかける。逆なのだ。

何故なら、「面白さ」は簡単になるほど面白くなくなるからだ。「面白がりやすい」という言葉が聞かれないように、簡単に面白さを感じることはできない。そういうものは、面白くない。簡単だというだけで、「つまらない」ものになってしまうのである。これは、「面白い」の定義であるし、人間の感覚がそうなっているのだから必然といえる。

「面白さ」は、容易に得られないものでなければならない。たとえば、簡単なクイズでは面白くない。すぐに犯人がわかってしまうようなミステリィでは楽しめない、ということだ。

人間の満足というものが、なにかを成し遂げたあとに得られるからであり、そもそも、その「達成」が「面白い」と感じられる。何故、山に登るのか、という疑問と同じだ。山は高いから登るのが面白い。登るのが大変だから、面白いのだ。登りやすい山では、楽しめないのである。

「マイナな面白さ」を目指す方向性

「面白さ」を作る側は、こうした状況から、次の手を打つことになる。これには、二つの方向性がある。一つは、マイナ化である。

これまで、ほとんどの商品は、メジャ指向だった。当たれば大量に売れる、という夢を見て生産された。実際、そういった大ヒットが幾つかあったので、どうしてもその夢を追い求めたくなる結果である。

しかし、マニアックだといわれてきた分野が、実は集客能力がある、とわかってきた。これはそのはずで、たとえば、クルマの雑誌はかつて非常に沢山書店に並んでいた。クルマはメジャな商品だから、関心を持っている人は多いとの観測からだ。しかし、これだけ商品が沢山並ぶと、人々は、自分が求める記事が載っている雑誌だけを買うようになる。したがって、メジャであるからといって、大勢に読まれるわけではない。逆に競合商品が多いため、選ばれてしまう。

一方、アニメの雑誌、模型の雑誌などは多くはない。非常に限られている。出版社には、こういったマニアックな雑誌を作る人材が不足しているから、専門の出版社が強みを発揮できる。また、この趣味の人たちは、クルマに関心がある人ほど多くはないけれど、自分に関心がある記事が少しでも載っていれば読みたい、という期待から、必ずその雑誌を購入する。

結果として、いつの間にかマニアックな雑誌の方が、メジャな雑誌よりも売れている、という状況になってしまったのだ。

大勢に買わせよう、と考えるよりも、少数が絶対買ってくれるものを作った方が有効なビジネスになる、安定した商品になる可能性が高い、ということがわかってきた。このため、近年では、そういったピンポイントのマイナな商品が世に出る時代になっている。

「キットの面白さ」を目指す方向性

もう一つの方向性は、「キット」である。これは、「簡単ではない」「手軽ではない」ということを前面に押し出したものといえる。

いろいろな分野で、ユーザに作らせるセット(これを「キット」と呼ぶ)が出回るようになった。書店に行くと、毎号少しずつ部品が入っていて、それらを組んでいくものが目につくだろう。完成させるのは面倒だし、時間がかかる。だが、「面白さ」は、簡単に与えられるものではなく、自分の手で作っていくものだ、との原理に基づいている。

ただし、キットというのは、「作る」というよりは「組む」ものである。いわばレゴブロックのようなものだろう。

「作る」と「組む」はどこが違うのかというと、「作る」には、材料を切ったり、削ったり、接着したり、塗装したり、といった作業が含まれる点であり、それらはいずれも「不可逆的」なプロセスだ。すなわち、「作る」行為は、元に戻れない。組んだものは分解できるけれど、作ったものは壊すことしかできない。最初の真《ま》っ新《さら》な状態に戻れない。すなわち、一度足を踏み入れたら引き返せない領域なのだ。

だが、だからこそ「面白い」といえる。戻れないから、やり直せない。失敗がある。だからこそ、上手くできたことの興奮があり、そこが「面白い」のだ。

与えられた「面白さ」では満足できない

では、レゴブロックは面白くないのか、というと、これにはまた別の「面白さ」がある。それは、自分なりにアレンジすることにあるし、オリジナル作品を作りたいときには、むしろ既存のブロックを使わなくてはならないという制約がある分「面白い」行為になる。そこに、余分に工夫があり、思考が必要になるためである。

説明書どおり組めば出来上がる、というのは、「作る」練習をしている段階であり、たしかに「面白さ」を予感させる効果はあるだろう。だが、それが本物の「面白さ」でないことは、幾つか同じようなものを組めば、誰でもわかるはずである。

この種のキット商品も、結局は、与えられた「手軽な面白さ」にすぎなかった、と冷めた見方も増えつつある。組んでいる時間は、夢中になれて「面白い」かもしれないが、出来上がるものは、自分のオリジナル作品ではない、という虚しさが拭《ぬぐ》えない。

結局、商品としてセットになっているものは、どうしても「受け取る」ものになってしまう。言われたとおりに過ごす時間であり、いわゆる「時間潰し」には適しているけれど、「労働」を感じさせる支配ともいえる。人生の「面白さ」にまで昇華するには、不足していると見る人が多いのではないだろうか。

受け取るもの、インプットするものでは、「面白さ」は長続きしない。そういうことが、だんだん大勢の人にわかってきた。さて、では本物の「面白さ」とは、どういったものか、といえば、それは「アウトプットする」ものだ、となる。次章では、それについて述べよう。

第七章　「面白く」生きるにはどうすれば良いか？

「面白さ」はアウトプットにある

既に述べたように、アウトプットする「面白さ」は、インプットする「面白さ」の何十倍も大きい。両方の経験がある人には、理屈抜きで納得できる感覚だろう。

いくらでも例が挙げられる。沢山の音楽を聴くよりも、自分で演奏し、歌った方が「面白い」し、またそうすることでしか上達できない。この成長がまた「面白く」感じられる要因として加わる。

あらゆる技は、すべて自分でやってみないとわからない。「やる」とは、アウトプットである。教えられている立場では、なかなか頭に入らなかったものが、人に教えると一度で自分の身につく。僕は、教壇に立って学生に二十数年間講義をしたが、教室にいる誰よりも、僕が一番勉強になった。

子供は、なんでも自分でやりたがる。見ているだけでは面白くないからだ。自分でやってみて、初めて「面白い」ことが本当にわかる。見ただけでは、「面白そう」としかわからない。「面白い」とは、本来アウトプットすることで感じられるものであり、それが本物の「面白さ」なのだ。「何十倍」と強調したが、それは、本質とダミィの差だといっても良い。

小説を読むことはインプットである。ただ文字を読むだけでは「面白く」はない。その物語の中に入る、いわゆる「感情移入」ができると、頭の中でイメージが作られる。これはアウトプットだ。感情が誘発されるのもアウトプットである。結局は、「面白さ」の本質はここにある。

アウトプットをアシストする商品

ただし、これは商品を開発する側には、深刻な問題となる。何故なら、商品とはユーザに買ってもらうものであり、その多くはインプットしてもらうものだからだ。アウトプットは商品になりにくい。売りにくいのだ。もちろん、だからこそ「面白さ」の真打ちとして最後に登場する、ともいえるだろう。

ビジネスチャンスとしては、このアウトプットをアシストする、という方面でしか展開できない。あるいは、アウトプットに必要な材料、資料、環境、道具などを提供するしかないだろう。

もちろん、アウトプットを始める人たちは、ほぼ初心者であるから、ノウハウを売ることは可能だ。たとえばDIYの本などが売れるようになる。また、素人がアウトプットしたものを紹介するような場も、ビジネスチャンスになるだろう。ただし、昔と違って、今はネットがある。そこで誰でも広く発信ができるので、そういった方面では、需要はもうあまり残されていない。

アウトプットの「面白さ」の広がり

人々が、アウトプットを始める傾向は、数十年まえから顕著だった。たとえば、漫画や小説などでは、インプットして楽しむだけのファンではなく、自分で作品をアウトプットしたい人が増えてきた。同人誌即売会コミケに何十万人も集まるのが、その証拠の一つである。どんなイベントも、コミケほどではない。一流のスターのライブでも、とてもあそこまで集客できるものではない。大量のエンタテインメント商品が供給されている現代では、それらインプットに厭きてしまった人たちが大勢存在する、ということである。

僕は、同人誌というのは、ネット社会になれば廃《すた》れるのではないか、と危惧していたが、今のところその兆候はまったく見られない。むしろネットを通じて、そういったマイナな市場の存在がクローズアップされ、完全なメジャになりつつある。

そもそも、ネットは、初期の頃にはインプットのためのメディアだった。世界中の情報が得られ、検索でき、非常に使いやすく、また有意義なツールだったのだ。

しかし、ここ十年ほどは、ネットは個人がアウトプットするメディアになった。既存メディアであるテレビ、新聞、雑誌などにも、アウトプットするデバイスは用意されていた(視聴者参加番組や投稿など)が、それが本流とはなりにくいし、メディアが選ぶ側に立っていたし、アウトプットにもタイムラグがあった。

ネットというメディアには、個人のアウトプットに適した環境があった。初期の頃には、自分でＨＰを作ったり、ファイルをアップしたりするのには、少々専門的な知識を必要としたし、パソコンが使えることが前提だった。それが、スマホが広く一般に普及し、大衆向けのシステムによって敷居はなくなった。誰もが参加でき、ほぼ無料でアウトプットができる環境となった。

逆にいえば、ここまでネットが普及したのは、大衆がアウトプットの「面白さ」を予感していたからだろう。アウトプットできたら楽しそうだ、面白そうだ、と思い続けて蓄積したエネルギィが一気に解放されたのである。

アウトプットが多すぎてインプット不足に

ネットが引き起こしたこの爆発的なアウトプット現象は、むしろインプット不足を招いている、ともいえる。みんなが発信し続けるあまり、明らかに受信者が不足気味だ。ただ、誰も聞いていなくても、発信するだけで「面白い」というのが、現在の状況ではないか、と分析できる。

たとえば、漫画というメディアで見てみると、ベストセラになる作品がかつては幾つも出た。このようなヒットは、大勢のインプットによって支えられていたのだ。だが、それらに感化されて、ファンたちは二次創作を始め、コスプレを始める。アウトプットする側へ回ろうという気運が高まった。当初は、あくまでもオリジナル作品があっての二次創作でありコスプレだったが、今では、その二次創作やコスプレにファンがつく。そのファンたちには、もともとのオリジナルは見えていない。

こうして、オリジナルはしだいに売れなくなった。漫画は既に斜陽になりつつあり、アニメも大当たりしなくなった。たとえば、現在のテレビを見れば、ゴールデンタイムでは何十年もまえから続いているものばかりで、新しいコンテンツは現れていない。ゲームでも、小説でも、同じような様相を呈している。

身近な指導者に従う習性

もともとは有名人がネットにアウトプットしていたものが、今では一個人が毎日自分の生活のアウトプットに夢中になっている。これらは、「有名人ごっこ」をしているように最初は見えた。有名人だからできたのであって、一般人が真似をしても誰も見ないだろう、と訝《いぶか》しんだのだが、そんなことはおかまいなしで、どんどん広がっていった。

有名人がやっていることを真似ているのではない。一般人のアウトプットを見て、「私もやりたい」と仲間を増やしている様相である。同人誌もそうだったし、コスプレもそうだった。

人間というのは、集団生活をする動物であり、その集団の中では、ボスに従う。だが、直接ボスが下々まで指導するのではない。自分に一番近い「少し上の人」つまり、いわゆる「兄貴」的な存在に従う習性がある。親の言うことも、先生の言うことも聞かないが、先輩や友達の言うことは信じて従う。この習性が、ネットのリンクや広がり、あるいはSNSなどのサークルの基本となっている。

「面白さ」を求めるあまり、炎上する

たとえば、今流行している「自撮り」や「インスタ」も、完全なアウトプットの「面

白さ」が原動力だろう。とにかく、自分を表現したい。見てもらいたい。それだけで気持ちが良く、満足が得られる。

今のところ、「いいね」などのサインを出し合って、お互いに「インプットしていますよ」という仮想を抱いているようだ。まるでお金のように「いいね」が世間を巡っているけれど、実際のところ、ほとんどの人は他者のことをしっかりと見ていない。インプットしている者はほとんどいない。

たまに真剣に見てみれば、他者の感情に簡単に同調し、クレームを重ね、「炎上」となってしまう。もともと素人がやっていることだから、どうしてもその種の防御が手薄なのだ。最初から「燃えやすい」ものがばらまかれているのである。

炎上なんて自分には無縁だ、と思っている人もまだ沢山いるようだ。たまたま一般人だから、炎上しない、問題にならないというだけのこと。それを誤解して、この程度なら問題ない、「いいね」が欲しいからもっと目立つことがしたい、とエスカレートする。「面白さ」を求めるあまり、非常識なことをする人も現れる。ネットの匿名性から、「わからないだろう」と思って、言いたいことをアップする人も多いみたいである。

ネットは実は「恐ろしい」

これまでは、たしかにネットでは誰だかわからなかった。それは監視していたのが人間だったからだ。人間は、一度に大勢の相手ができない、大量のデータを処理できない。そういった中に、匿名の発言などは埋もれていた。

これからは違う。監視をするのはＡＩだ。しかも、過去の膨大なデータも含めて関連したものを見つけ出すだろう。検索できるのは、文字だけではない。映像も動画も、簡単に検索できるように、もうすぐなる。恐いのはこれからだ。

若い人が、数十年後に偉くなって、重要なポストに就こうとしたとき、過去のアウトプットがすべてチェックされるのだから、恥ずかしいことはもうできないし、今までの恥ずかしいことも永遠に消えないのである。

大衆にアウトプットさせることは、異端分子を警戒する側には、有用なデータになっている、ともいえる。少しだけ恐ろしい未来が想像できなくもない。

流行の「面白さ」はいずれ廃れる

さて、こうしてネット上で繰り広げられる「アウトプットの乱舞」は、今後どうなっていくだろうか?

僕が想像するのは、やはりいつまでも、この「面白さ」が維持できるはずはない、ということ。同じような事象が、これまでにも何度かあった。すべての流行はいずれ廃れる。どうして廃れるのかというと、それは「みんながやっているから面白い」というものが、「みんながやっているから面白くない」へシフトするためだ。それに追い打ちをかけるように、「もう誰もやっていないのに、まだやっているの?」と排除する。

あまりにも、みんながやりすぎて、息苦しくなってくるのだろう。大流行したものは、例外なく、こうなる運命にある。

ネットのアウトプット専用アプリ

まず、こういった流行に対しては、必ずビジネスが儲け口を狙っている。自撮りが流行れば、現地に行かなくても自撮り写真が作れるアプリが登場するだろうし、リア充(現実の幸福度みたいなもの)を自慢できる写真も、すべて専用アプリで作れるようになる。既にもうあるのかもしれないが、僕は知らない(そういった世界に身を置いていないから)。

魅力的な伴侶や恋人もバーチャルで作り出せるし、家族も仕事も、それらしくネットで再現できるようになる。そういうアプリも登場するだろう。なにしろ、みんなが夢中になっている面白さは、ネット上でのアウトプットが目的なのだから、その種のバーチャルで充分なのだ。

これらは、けっして犯罪ではない。自分の演出だ。それで誰かを騙して、出資を募ったり、結婚詐欺を起こせば犯罪になるが、ネット上での虚偽は、「表現の自由」として今のところ規制されていない(今後法律ができるかもしれないが、匿名性が尊重される点で難しいだろう)。

リアルでのアウトプットへシフトする

そうなると、ネット上の個人のアウトプットを誰も信じなくなるだろう。近い将来、必ずそうなる。そこで、はたと気づくことになるはず。バーチャルでは「面白さ」が得られないのではないか、と。

それに気づいた人は、少しずつ増えるはずだ。そのあとには、やはり、リアルの「面白さ」を作り出すものへ揺《ゆ》り戻《もど》しがある。

リアルでの「面白さ」の方が、コストが高くつくけれど、その頃には、今よりもみんなが平均的にまた少し豊かになっているはずだから、不可能ではない。世界で大きな戦争が起こらないかぎり、そうなっていくものと想像する。

若者のアウトプット能力は高まっている

もっとも、しばらくはネット上でのアウトプットによるバーチャルな「面白さ」が続くことになる。

現在は、玉石混淆《こんこう》ともいえ、ただアウトプットするだけで「面白い」という段階だが、しだいに技を磨くようになり、他者よりも面白いものを追求する、という人が増えるだろう。

今でも、ネットで稼ぐＹｏｕＴｕｂｅｒなる人たちがいて、子供たちの人気の的となっているが、ネット全体で、またそれ以外でも、あらゆる分野で、大勢がアウトプットを競い合う時代になる。

少し以前から、子供たちに音楽や芸術を習わせる家庭が増えている。かつてに比べて、アウトプットできる才能を持った人材が豊富になっているのは事実だろう。子供の数は減っているものの、質の高いアウトプットができる若者は、絶対数としては増加しているように見受けられる。

アウトプットしたい人が多すぎる時代

スポーツも音楽もダンスも、見るものから、やるものにシフトしているのが、社会的な傾向だろう。

プロ顔負けのアマチュアが全然珍しくなくなった。国民総プレイヤであり、国民総アウトプッタになりつつある。

誰もがなにかの分野で、アウトプットができ、それをしたがっている。ただ、残念ながら、それでは食えない。仕事にはならない。何故なら、それをしたい人が多すぎるし、それを受け取る側が少なすぎるからだ。仕事になるためには、質が高いだけでは駄目で、量が売れなければならない。インプットする人の不足が、これらのアウトプットを支えられない、という致命的な構図がある。

こうした群雄割拠の中から、勝ち抜けていく人は、なにか新しい「面白さ」が作り出せなければならない。単に上質なアウトプットができるだけでは不足だ。上手いだけではプロになれない時代といえる。

では、その新しい「面白さ」とは何か、という話になって、ここで、回り回って、本書の最初のテーマに戻ることになる。

いかがだろうか?

なんか「面白い」なんて気軽に言っていられないな、と思われたかもしれない。

そう、みんなが真剣に、「面白い」について考えなければならない。

もしかしたら、人類最大のテーマなのではないか、とも思えてくる。

それもまた、面白い。

第八章　「面白さ」さえあれば孤独でも良い

「寂しい」がマイナスの意味になってしまった

最初のテーマに再び戻って、「面白さ」の要因をまとめてみよう、と思ったのだが、そのまえに、「寂しい面白さ」について追記しておきたい。

「寂」は、ときには美しさを連想させる文字だったのだが、ここ数十年はずっと「悲しい」雰囲気を含んだマイナスの表現のみになり、特にこの頃では、相手を「虐《しいた》げる」ための形容にまでなってしまった。それ自体が嘆かわしい、と僕は感じている。

同様に「孤」という文字も、悪い意味にしか使われない傾向にある。土砂崩れがあって、道が通れなくなると、たちまち「孤立」と言いたがる。何千人もいる街なのに「孤立」なのだ。つまり、周囲とやりとりができない状態のことらしいが、だったら島国の日本はそもそも最初から孤立している。

立場としても、「孤立」は良い意味では使われない。仲間や味方がいない、周囲から反発を受けている、といったイメージだろう。

その最たるものが「孤独」である。これは、もう無条件に悪い状況とされている。だが、言葉の意味は「一人でいること」でしかない。一人でいれば、話し相手がいないし、身近に協力者、援助者がいないことにはなるけれど、だからといって、それほど心配するような状況ではないだろう、と僕は思う。

「孤高」こそ、現代人が注目すべきもの

今は携帯電話はあるし、電化製品も揃っているし、一人でなんでもできるような環境が整っている。そして、そういった一人の「自由さ」を大勢が求めて、都会に出て一人暮らしをするようになった。若者の多くが、この「一人暮らし」に憧れている。

何故憧れるのか？　とりもなおさず、一人でいることが「楽しい」し「面白い」からである。おそらく、年寄りの多くはその気持ちを忘れたのではないか。

どうして、ここまで「孤独」を悪く見立てるのか、という理由が、僕にはわからない。そんなに酷くはないと思うし、どちらかというと、僕は「寂しい」方が良い状態だと考えている人間で、むしろ「孤独でありたい」とさえ願っている。

たとえば、「孤軍奮闘」という言葉がある。一人で頑張ることだ。また「孤高」という言葉もある。世間から離れたところに身を置く「気高さ」のことである。そういうものの価値が、現代こそ注目されても良い、と思えるのだが、いかがだろうか?

「人情」や「絆」はマイナとなった

以前に、『孤独の価値』という新書を出したことがある。孤独がそんなに悪い状態ではなく、むしろ孤独を必要とするものがある。たとえば、芸術などの創作は、基本的に孤独から生まれるものが多い。そんな話を書いた。多くの方から「同感だ」というメッセージをいただいたし、また「救われた」と書いてきた人も沢山いた。皆さん、自分が一人でいることが「いけないことだ」と周りから非難されている、と思い込んでいたのだ。

全然そうではない。現代ほど個人主義の時代はかつてなかった。社会のあらゆるシステムが、一人暮らしをサポートするように機能している。ネット環境がそうだし、携帯電話がそうだし、ワンルームマンションも、コンビニも、すべて一人で生きていけるようにデザインされている。みんなが望んでいるから、こういう社会が実現したのだ。

それなのに、何故かマスコミは、「反孤独」的なプロパガンダを続けている。田舎や下町の人情などを大袈裟に美化し、人々の絆を必要以上に強調している。もちろん、そういったものには良い面もある。しかし、それは既に本流ではない。むしろ今や貴重になり、マイナになり、滅びかけているからこそ、マスコミが取り上げているのだ。

現代人は、基本的に一人で生きている

僕は、どちらでも良いと思う。大勢で一緒になって生きたい人はそうすれば良いし、一人で生きたい人もそうすれば良い。

ただ、大勢で一緒に生きたい人は、そのグループから抜けていく人が増えるのを恐れている。その生き方は一人でできないから、当然他者に干渉し、「一緒にやろうぜ」と強要することになる。ここが、悪い点だ。一人で生きる人たちは、他者に干渉しない。

みんなが自由にすれば良い、と思っているだけなのである。

ただし、社会の発展において急ごしらえで出来上がった個人主義は、歴史もないし、未熟な点も多々残されている。精神的なバックアップが整っていない、ともいえる。

多くの人は、ネットに捌《は》け口《ぐち》を求め、「孤独」のバランスを取ろうとしている。これは、全然悪いことではない。これがあるから、一人でも暮らしていける、というのが現実だろう。

毎日仕事で出勤する。その出勤時間も含めると、一日のほとんどが「一人」なのだ。もちろん、仕事仲間はいるし、仕事をする相手（取引先や客）もいる。満員電車に乗っているときだって、周囲は人ばかりである。だが、基本的に「一人」でいるのと同じ状況だといえる。気を許せる人がいるわけではないし、気心が知れた仲間でもない。ずっと社会的な人格を装っていなければならないから、それなりにストレスも溜まる。

家に帰っても一人だ。もちろん、結婚をして家族がいる人も多いが、帰宅してずっと話をするわけではない。明日の仕事に備えて休まなければならない。風呂もトイレも一人だし、寝たらもう意識も一人である。だから、一日のほとんどを、一人で生きているといえる。

「寂しい」から「面白くない」のではない

大勢の中で暮らしていても「孤独」を感じることは普通にあるはずだ。むしろ、大勢の中の方が孤独を感じやすいといっても良い。何故なら、孤独とは、他者との関係で生じるものであり、相対的なものだからである。

この「孤独」という人間関係の一状況を「面白くない」と感じるのは、ごく普通の感覚であり、まったく正常だ。だが、それは、「一人」だからではないし、「孤独」だからでもない。面白くないことを、「寂しい」と感じてしまい、いかにも自分は孤独だ、と思いがちだが、その考え方には飛躍がある。

そう勘違いしてしまうから、「仲間が欲しい」「大勢で楽しくやりたい」という方向へ行きがちなのだ。その方向にしか「面白さ」はない、と誤認、あるいは錯覚するのである。

間違いの根源は、「面白くない」→「寂しい」→「寂しいのがいけない」という連想にある。面白くないのは「つまらない」ことだが、「寂しい」からというわけではない。大勢がいて、遊んでいるときだって、面白くないことは多い。たとえば、つまらない式に出席したり、会議に出ているときなどは、大勢がいるはずだが、「面白い」だろうか？　寂しくさえなければ面白くなる、という考え方が間違っている。ここがずれている点だ。

外部に発散しない「面白さ」が本物

例を挙げるなら、読書が趣味の人は、一人で寂しい時間の楽しみ方を知っているはずである。一人になりたがるし、静かな場所を好む。そういう時間をもの凄く楽しみに待っているのだ。都会であれば、喫茶店で一人本を読んでいる人がいるだろう。彼らは、それがこの上なく幸せな時間だと感じている。

傍から見ると「寂しい」状況に見えても、外部に向けて「楽しさ」を発散しない方が、

「面白さ」はむしろ大きく膨らむのである。一人だから寂しい、寂しいから面白くない、というのは、単なる思い込みだといっても良い。

この外部に向けて発散しないと「面白い」ものではない、という価値観は、今のネットでは、よく見られる症状といえる。インスタ映えしないものは面白くない、という病んだ感覚がそれだ。無意識なのかもしれないが、客観的に見てもある種の「異常さ」を感じる。

自分の満足が、外に向けて放出されているだけなのだが、「みんなが見ていてくれる」「みんなが羨ましがってくれるはずだ」という幻想を抱いている。まったく現実ではない。明らかに妄想である。

その妄想に起因した「面白さ」は、長続きしない。一過性のものだ。

「退職したら好きなことをしよう」と思っていても

みんなが「面白そう」にしているから自分もしよう、という流行のようなものに翻弄《ほんろう》されると、いずれ自身に「面白さ」がないと気づくことになる。そういう人を、僕は沢山見てきた。特に歳を取ってから、それに気づく。何故なら、仕事に忙しい時期には、気づく暇もなかったからだ。

忙しい時間というのは、それなりに「面白い」ものでもある。仕事の同僚とは、なんとなく友達のようになれるし、同じ目的を持っていれば仲間意識も湧く。そういうもので満足感を得ていたのだ。

忙しい状況は「しかたがない」ものだ、と我慢をしていただろう。そして、「定年になり引退したら、思う存分自分の好きなことをしよう」とぼんやりと夢を見ていた。ところが、その年齢になったとき、どうも思ったとおりの「面白い老後」にならない、という結果が待っている。何がいけなかったのか、どうすれば良いのか、と思案している。そんな人たちを沢山知っている。

一人で楽しめる趣味は「面白さ」が約束されている

どんな種類の「面白さ」を期待していたのか、という点で違いが出る。たとえば、さきほどの、一人静かに本を読むことが「面白い」という人は、時間さえあれば、すぐにも「面白さ」が実現するだろう。

また、僕のように工作がなによりも「面白い」と思っている人も、老後は楽しみが多い。仕事がなくなるだけで、その時間すべてを工作に使うことができる。そう考えるだけで、楽しみでにやけてしまうのではないか。

このように、人から「社会の役に立っていない」「暇潰しでしかない」と揶揄《やゆ》されながらも、長年楽しんできた個人的な趣味は、人生において大きな「面白さ」を作り出す。この種のものは、熟練すればするほど面白くなり、いくらでもやれること、やりたいことが湧き出てくるので、死ぬまで「面白い」人生が約束されたようなものだ。

問題は、このように一人で楽しめる趣味がない人たちである。たとえば、家族旅行が趣味だ、と思っていた人は、家族が欠けると、「面白さ」が半減してしまう。また、なんらかの競技を楽しんでいた人は、健康に不安があれば続けられなくなるし、そもそも勝ち負けに拘るような「面白さ」だったら、老後は不利になるだろう（シニアクラスで頑張れるかもしれないが）。

楽しみがない人は、今から種を蒔こう

さらに問題なのは、このような趣味がなにもない人だ。

たとえば、職場の仲間との飲み会が楽しみだった、という人は、退職したら一気に寂しくなる。その人の心境こそが、本当の「寂しさ」だろう。新たに飲み友達を作れば良いのかもしれないが、これまでのように部下ではないから、気を遣い、持ち上げてくれるわけではない。

おそらく、このようなタイプの人たちが「孤独」を感じ、「孤独」を恐れるのだろう。

しかし、気にすることはない。まだまだ人生は何十年も残っている。これからでもけっして遅くはない。少しずつでも新しいことにチャレンジして、自分の楽しみを少しずつ作っていくことで、人生は「面白く」なるはずだ。

大事なことは、エネルギィをかけること。種を蒔いて、畑の世話をすること。そうす

ることで、いつかきっと大きな収穫がある。

年寄りはアウトプットに注意しよう

若い人には、まだ想像もできないことだろうが、年寄りになるほど、「死」というものが自分に近づいてくる。周囲の知人がつぎつぎと死んでいくし、自分の躰もあちらこちらに不具合が生じ、若い頃のように動けなくなる。目は霞むし、耳は遠くなる。動きは遅くなり、頭も回転しない。特に、つき合う仲間がみんな年寄りだから、そういった暗い話ばかりになって、うんざりすることになるだろう。

また、身内に年寄りがいるはずだから、その介護をしなければならない。自分がされる側かもしれない。こうなってくると、よほど「面白い」ことでもないと、本当に生きていられない状況になってくるだろう。

自分の幸せというものは、風前の灯火である。若いときは良かった、と思い巡らすのは過去のことばかりになる。身内に若い子がいれば、もう関心はそこにしか向かない、という人生にもなりがちだ。孫の話しかしない老人というのは、微笑ましいし、無害といえば無害だが、そのうちに敬遠したい存在になるだろう。

自分の楽しみは、各自の自由だが、一方的にアウトプットしてばかりでは、迷惑となる。他人の孫の写真など見せられても、面白くもなんともない。アウトプットするからには、他者にも価値があるものを選ぶ必要があり、客観的な評価ができることが条件である。それができないなら、しない方がよろしい。まだ、ペットの方が良い。何故なら、孫は人間であり、人権があるからだ。

そうでなくても、ネット社会に慣れていない世代である。つい個人情報を晒《さら》してしまうことにもなりかねない。注意が必要である。

「面白さ」を探すことを忘れないように

話題が逸れた。老人に限らず、誰でもいつ「孤独」になるかわからない。家族は崩壊するかもしれないし、会社は倒産するかもしれない。なにかの災害や事故で、そういった境遇に陥ることだってある。

そんなときに、生きる希望となるものは、やはり「面白さ」である。そのことを覚えておこう。辛いときこそ、「面白さ」を探すことだ。それを忘れないように。

「面白さ」は、最初は小さい。しかし、育てることで大きくなる。「面白い」と思えるものを大事にして、磨きをかけることが、これまた「面白い」のである。

何度か繰り返しているが、「面白さ」は、探しても、ずばり見つかるようなものではなく、自分で作るものである。どこかに落ちているのは、「面白そうな」種でしかない。それを拾って、自分の畑に蒔いて世話をしよう。幾つか種を蒔いた方が良い。全部がものになるとはかぎらないからだ。

「面白い」人生を全うした人たち

つい最近、模型界を牽引してきた達人が相次いで亡くなられた。八十代から九十代の方たちだったが、ついこのまえ、一緒に遊んで下さった。どの方も、突然亡くなられた。

病気のことや躰の不具合など一言もおっしゃらなかった。それどころか、亡くなられる寸前まで、新しい作品に取り組まれていた。ときどきいただく手紙やメールには、今はこれを作っている、次はこれが作りたい、というお話ばかりだった。きっと、本当に「面白い」人生を全うされたことだろう、と想像する。

こういった達人たちに共通するのは、家族の話をされないことだ。昔の話もされない。どんな仕事をしていたのかも聞いたことがない。奥様がいらっしゃるのかどうかもわからなかった。

それくらい、自分が夢中になっている今の「面白い」話しかされなかったし、作られるものが、最高に素晴らしく「面白い」ものだった。

そういう先人たちの「面白い」業績は、作品とともに語り継がれるだろう、と僕は思う。

僕も、そういう生き方がしたい。死に方などはどうだって良い、と思っている。

第九章　「面白さ」の条件とは

「面白さ」のファクタと構造

再び「面白さ」とは、どのようにして生まれるのか、という問題に戻ろう。第一章〜第三章で述べたことのまとめにもなっているはずだ。

まず、「面白い」には、以下のようなジャンルがある。関連するキーワードも挙げておく。

「可笑しい」↓笑える、ギャグ、ユーモア、苦笑、ほのぼの、癒される
「興味深い」↓考えさせられる、好きなもの、気づきがある、調べていたもの
「思いどおりになる」↓考えたとおり、予測が当たる、繰返し、同感、共感
「手応えがある」↓簡単ではない、やり甲斐、難しい、珍しい、達成感
「動きがある」↓スリル、目が離せない、どきどきする、加速度
「意外性」↓驚き、予想が裏切られる、例がない、新しい、変だ
「欲求を満たす」↓美味しそう、格好良い、セクシィ、可愛い

これらは、きっちりと分けられるものではない。一つの「面白さ」は、たいてい複合的なものである。また、一つのジャンルの中にも、別のジャンルが含まれ、構造的にも複雑に絡み合っているようだ。たとえば、「可笑しい」ものの中に、「動き」や「意外性」が要因としてある場合などである。

「面白さ」の評価は直感的なものになる

人によって、同じものから違う「面白さ」を感じ取ることも多い。だから、このようなファクタを分けて考えても、無意味かもしれない。何をすれば「面白い」ものが出来上がるのか、といった手法もない。「面白い」か「面白くない」かは、ファクタの有無や、個々のファクタの採点を合計して評価することもできない。非常に直感的にしか、面白いかどうか、どちらが面白いか、は判別できない。

スポーツなどの演技の採点は、種目やその達成度で点数の付け方が定められている。

しかし、芸術作品になると、そんな審査マニュアルは作れない。どんな絵が素晴らしいのか、どうすれば良い絵になるのか、方法もないし、定量的評価もできない。ただ、経験的、直感的に、ある程度の優劣がつけられる、というだけである。

そもそも、作る側も、自分の直感で作っているのだ。ただ、どうすれば審査員から良い評価を受けられるのか、といった考察は可能だ。

どうしたら面白いものを作れるか、という場合も同様で、つまりは、これまでに面白かったもの、みんなが面白いと評価したものを参考にするしかない。

アートとエンタテインメントの「面白さ」の違い

エンタテインメントの商品は、芸術作品ほど直感的ではない。審査員がいるのではなく、多くの人に買ってもらえるものが正解となる。これには、平均的なバランス感覚のようなものが要求されるように思う。

バランス感覚とはどういう意味なのか?

芸術作品は、少数の人の高い評価で価値が決定する。大金を出して買ってくれるパトロンが一人いれば、その絵は大成功となる。さきほどの審査員でも同じで、大勢いるわけではない。展覧会の一般入場者の人気投票で、絵の価値が決まるわけでもない。

ところが、エンタテインメント作品は、大勢に向けた商品となることが前提だから、結果として、何人がそれを買うか、が作品の価値といえるだろう。評論家に褒められても、売れなければ失敗作になってしまう。いくら自信作を作り続けても、どれも売れなければ、その後の創作活動が危ぶまれることになる。

エンタテインメントではバランス感覚が要求される

こういった条件に違いがあることから、芸術作品は、突出した長所が武器となり、エンタテインメント作品は、悪いところができるだけ少ない、つまりバランスが重視される傾向がある。この場合の「悪いところ」というのは、平均的なものではなく、もっと個々の影響要因である。

たとえば、煙草を吸う人が出てきたら駄目という人たちが一定数いる。暴力は駄目だという人も一定数いる。政治的な主張は駄目だ、宗教色が出るものは駄目だ、など、個々のマイナス要因がある。そういったものが作品にあると、それだけ買ってくれる人が減る。したがって、なるべく欠点がないように作られたものが、広く受け入れられる、と考えられる。

マイナスを排除しても「面白く」はならない

最近のテレビを見ていると、このようなマイナスの影響要因を悉く《ことごと》避けて、非常に丸くて角が立たない内容のものが多くなっている。だが、それでは「面白くない」と言いだす人もいる。昔のテレビはもっと面白かったではないか、という主張だ。

エンタテインメントは、できるだけ多くの受け手に買ってもらうことが目的だが、このようなメカニズムで丸くなってしまい、魅力を失うことが多い。この現象は、エンタテインメントだけではなく、電化製品でも自動車でも、あるいは住宅でもまったく同じである。さらには、投票によって選ばれる政治家も同様かもしれない。

アイドルもこのマイナスを避ける方針で選ばれるから、だいたい同じような個性になりがちだ。人気商売の多くは、このマイナスを避けることが原則だが、そんな堅苦しい条件の中で個性的なものが作れるのか、という難しいチャレンジを強いられている。

マイナ路線がメジャになるという矛盾

この打開策は実に簡単である。今やメジャなものは事実上消滅しているのだから、少数のマイナスを恐れることはない。それで去っていくユーザは、潔《いさぎよ》く切ってしまえば良いだろう。

だいぶまえから、そういった開き直ったマイナ路線が、幾つか成功を収めるようになった。だが、成功してメジャになったときに、どう修正するのかが、新たな問題になる。

メジャでないから出せた個性が、人気が出るほど、維持できなくなる。最初から矛盾をはらんでいるやり方なのだ。どうしても、このジレンマは避けられないだろう。

「小さな新しさ」を探すしかない

「面白さ」は、今では広く認められることはない、と認識した方が、おそらく安全だと考えられる。昔のように、ビッグヒットするようなものはもう出ない。それだけ「面白さ」は百花繚乱《ひゃっかりょうらん》、多様化している。

今でも、まだ通用する「面白さ」の第一原則は、「新しい」というファクタだろう。これは、どの時代でも、必ず当たった。「新しさ」があるから、意外でもあり、また既存のものとのギャップが面白い。

「面白さ」を作りたい人は、いつも四方八方にアンテナを伸ばし、これまでになかったもの、まだ誰も見ていないものを探し続けなければならないだろう。小さな「新しさ」を見つけて、それを育てることも必要である。もう、大きな「新しさ」は使い尽くされていて（つまり、新しくなくなり）、資源が枯渇《こかつ》している。残っているのは、これまでに見逃された小さなものばかりなのだ。

発明の手法から「面白さ」作りを学ぶ

「面白さ」は発明するものだ、と書いたが、実際の発明においても、過去の発明が特許となって蓄積されているから、やはり新しいものを考えなければならない。さらに、新しいヒットを生み出すことは、発明以上に難しいだろう。

発明というのは、日常に感じるちょっとした問題を見つけ、その解決のために、柔らかい発想で工夫をする、という具合で作業が進むのが一般的らしい。要約すると、問題を見つけること、解決に工夫をすること、の二つの段階から成り立っている、といえる。「面白さ」の場合にも、この方法が応用できそうだ。日常の中で、ちょっとした引っかかりをまず見つける。これはどうしてなのか、なにか変だな、という問題である。そして、それを「笑えるもの」に加工したり、新たな観点から解決策を提示したり、という工夫をすることで「面白い」と大勢が感じるものが出来上がる。

よく「二つのものを組み合わせる」とか「違う用途に使ってみる」といった発明の方法が解説されることがある。これは、あくまでも後半の「工夫をする」段階のアイデアである。

苦労を讃える「面白い」もある

捨ててしまうものを活用する術はないか、というような発明のアイデア発想法も、たびたび話題になる。そういったものは、「捨ててしまうようなもの」がまずあって、そこからの発想になるので、考えるものが決まっている分、誰でも時間をかけさえすれば、なにかしらの答を導くことができるだろう。だが、その問題解決だけでは、感動的に「凄い」、「面白い！」と絶賛を浴びるほどには膨らまない。

あくまでも、それは「よく考えたね、偉いね」という感心を誘う程度なのである。

この「よく考えたね」という「面白さ」も、実は沢山ある。ここで注目すべきは、「よく思いついたね」ではないこと。同じ考えた結果であっても、計算結果なのだ。沢山の計算をして、いろいろ試してみて、最終的にそこに行き着いた、という苦労が見えるものに対して、人間は「感心」するのである。そういうものは、たしかに価値がある。

発想が凄い「面白さ」は天才的

しかし一方で、「よく思いついたね」という感心は、労力ではなく発想を評価しているもので、この種のインスピレーション的な「面白さ」は、やれば誰にでもできるものではない。たとえるならば、前者は工芸品であり、後者は芸術品であろう。

いずれも尊いものであり、美しいものは人を惹きつける。面白いものも、大勢に受け入れられるだろう。だが、工芸品は同じようなものを真似て作ることができるが、芸術品はそうはいかない。

世にいわれる「天才的」という形容は、明らかに後者の尊さを形容している。努力で成り上がった「秀才的」ではない、という響きがある。

計算的「面白さ」と発想的「面白さ」

天才的か秀才的かは、一般の方には見分けがつかないかもしれない。だが、その「面白さ」を作っている同業者の目には、明らかな違いとして観察される。

計算的な「面白さ」は、その労力が尊敬の的となるものの、やろうと思えばできる、と感じる。だが、発想的な「面白さ」は、才能を感じさせるものであり、とうてい真似ができない、と諦めるしかない。

たとえば、綿密な取材を重ねることによって書き上げられたノンフィクションというものは、その労力には感心できるけれど、着眼した問題が、誰にでも思いつくものだとしたら、それほど「凄い」とは感じられない。そもそも、その人が着眼したのかどうかもわからない。誰かに指示されて、チームを組んで調べ上げた、という仕事のようにも見えてしまう。

労力というのは、みんなで協力して成し遂げることが可能だ。だが、発想は違う。思いつくのは、個人の才能であって、たった一人の思いつきからすべてが始まっている。

自作が「本当に面白いのか」という不安の壁

「面白さ」を人が「凄い」と感じるのは、多くの場合、このような個人の才能を感じさせるものだからである。人間は、人間のことを「凄い」と感じる。人の才能が、素晴らしい、そして、面白いのだ。

自分も、そんな天才的な「面白さ」を見つけてみたい、と思う人も多いだろう。自分もアウトプットがしたい、と考えて、小規模ながらそういった努力を始めたときに、最初にぶつかる壁は、自分が作ったものが、「本当に面白いのだろうか」という不安である。

周囲の数名から「面白い」と褒めてもらえたくらいで舞い上がっている初期の段階を過ぎて、それ以上に広く認知されるような発展が見られないと、自分で「面白い」と信じていたものを疑いたくなる。

一般に、ものを作る人は、自分が作ったものに思い入れがある。誰よりも長時間それを見つめてきた。作る過程において、それは必然的な状況である。さらに、作り上げたときの高揚感も手伝って、自作贔屓《びいき》になる。

にもかかわらず、周囲に認められないため、その反動が大きいのだろう。もしかして自分には才能がないのではないか、となる。

他者に認めてもらわなければ意味がない？

作品を他者が評価する機会も多い。たとえば、小説であれば、出版社が企画する新人賞などへ応募すれば、審査員が作品を評価する。音楽ならコンクールがあり、審査員がいる。また、コンサートやライブがあれば、聴いている人たちが評価をする。演劇でも舞台があり、観にきた人たちが評価をする。このように、受け手が近くにいれば、「面白い」かどうか、受けているかどうかは、反応でだいたいわかるだろう。

自信をもって送り出したものが、今一つの評価しか得られない、という機会は珍しくない。年寄りの趣味であるなら、この時点で「俺の才能はこんなものか」と諦めもつく。また、「周囲の少人数でも喜んでくれたら、それで充分だ」というプラス思考で、続けることもできるだろう。続けていれば、技術的な成長があり、なにかの偶然で運良く当たる結果になることもないわけではない。

若い人の場合は、他者の評価が芳《かんば》しくない場合には深刻になるかもしれない。あわよくば、それで食っていこう、という野心があるからだ。自分が楽しいだけでは生きていけない、ということが身に染みてわかる。自分が面白いと思っても、みんなが面白がってくれなくては意味がない、ということに気づくはずである。

「面白さ」の競争は厳しい

それでも、まだ自分では価値があると信じているから、わかってもらえる人に届いていないだけだ、自分は広く知られていないから、こんなところに埋もれているのだ、と考える人が大勢いる。実に、沢山いるのである。

沢山いるから埋もれているのだ、と考えても良いだろう。どこにでも、才能のある奴はいるし、ちょっと面白い奴ならいくらでもいる。だが、その程度ではのし上がれない。世間の競争は激しいのである。

既に書いたように、誰もがアウトプットしようとしている時代である。みんなが小さなときから、音楽やダンスをはじめ、各種の芸術を嗜《たしな》んできた。教室に通い、技も磨いてきた。子供の頃からコンクールで上位に入選している。そういった神童たちが、日本中に大勢いる。

しかし、必要とされているスターやアイドルは少しで充分だ。昔のように大当たりするようなことはないから、どの分野でも、プロモートする側は慎重になっている。大金をかけられない。宣伝すれば売れるという時代では全然ない。状況は、昔に比べてはるかに厳しい。

「宣伝してもらえないから売れない」は間違い

宣伝がどれくらい効くのか、ということを、僕は実際に調べたことがある。別の本で詳しく書いたので、ここでは繰り返さないが、簡単に結論だけを書こう。

宣伝をすれば、売れることはまちがいない。だが、宣伝にかけた金が、売上げの増加分で取り戻せるかどうか、が問題である。その観点でいうと、ほとんどの場合、やっても無駄だといえる。

まず、宣伝が効かなくなってきたこと。当たっても大きくは儲からないこと。この二点が今という時代の特徴である。

「自分の作品は面白いはずなのに、宣伝をしてもらえないから売れない」と思っている創作者は、その思い違いに早く気づき、もっと面白いものを作るか、それともその仕事を諦めるか、どちらかの選択をするべきである。

「面白さ」の指標は、「どれだけ売れたか」

逆のことも少し書いておこう。

世間から、「つまらない」と非難されても、真に受けず、自分を信じて創作を続けることも大切だ。

そういった非難は、多かれ少なかれ必ずある。気に入らないものには難癖をつけたがる人たちが一定数いるし、売れていくほど、風当たりは強くなるだろう。褒められるか、それとも貶《けな》されるかというのは、どちらも一票、と考えることをお勧めする。僕自身がそう考えている。

大事なことは、どれだけ売れたか、どれだけ金が集まったか、という金額だ。「面白い」の手応えは、この数字でしか測ることができない。「それほどまだ売れていないけれど評判は良い」とか「一定数売れてはいるけれど、悪口をいう人が多い」などの、不思議な評価は聞き流せば良い。まったく根拠がないし、そのようなものに影響されるようでは、それこそ将来性が怪しい、となる。

売れていればそれで良い。売れなければ、なにか手を打つべきである。非常に簡単な観測だ。売れているか、売れていないかは、作者が一番正しく観測できるはずだから、自分で評価し、判断をしよう。

「新しい面白さ」はゼロから作り出すしかない?

最後に、「新しさ」へのチャレンジについて書いておこう。

「面白さ」の鍵となる「新しさ」を求めることは、それだけでチャレンジである。チャレンジとは、そういう定義だからだ。もし自分だけにとっての「面白さ」ならば、自分にとって新しければ充分だが、世間に問いたい「面白さ」を目指している場合は、もう少し広い意味での「新しさ」が必要となる。

これは、きょろきょろと辺りを見回していて見つかるものではない。自分で大部分を作らなければならない。非常に疲れるし、神経をすり減らす経験になるだろう。

僕は、作家としてもう二十数年仕事をしてきた。作家は、いつも「面白さ」を作り出すことに頭を使っている。周囲にある「面白さ」など限られているから、インプットされたものだけでは、アウトプットを生産する材料として全然足りない。「面白い」ものを観たり読んだりしても、それらは使えない。そうなると、ゼロから作り出すしかない、という話になる。

抽象的な「面白さ」を素材にする

そう、ゼロからだ。それは、たしかにそのとおり。

ただ、ちょっとした抜け道がないわけでもない。

それは、周囲にある「面白さ」、過去にあった「面白さ」から、本質を取り出す行為によって生まれる。

何故面白いのか、どこがどう面白いのか、ということを考えていくと、その具体的なネタから、抽象的な「面白さ」が抽出できる。これができるようになるためには、ものごとを客観的、抽象的に捉える目が必要だ。しかし、慣れれば自然にできるようになる。

さて、抽出した「面白さ」とは、言葉にはならない。「こんな感じのもの」「こんな雰囲気のもの」といった茫洋とした雲の塊のような素材である。

だが、そこから、幾つかの「面白さ」を作り出すことができる。ゼロから作るよりも、数段容易だ。一日中考えていれば、一つくらいは必ず出てくる。俳句を一句詠むのと同じくらいかな、と想像する。

「面白さ」を積極的に感じようとする姿勢

こうして発想した素材や、抽象的な素材から「面白さ」を作り出していくと、そのネタが、後日再度活用できるようになる。また、ちょっとした変異があって、別の「面白さ」に転移することもある。複数のネタが、組み合わさって、新しいものが生まれることもある。

一度、自分の「面白さ」を作ると、それらを足掛かりにした「面白さ」も関連して生まれる。どんどん、大きな構造を築くことができる。

結局、最初はゼロだが、作っていくうちに、「面白さ」が生まれる環境が整ってくるというイメージを、僕は持っている。

常に気をつけていることは、自分以外の人の「面白さ」を素直に受け取る感受性である。「面白いな」と思う積極的な気持ちが大切である。「面白くないな」と思うのは、はっきりいって損だ。

隅々まで探して、「面白さ」を見つける姿勢を、いつも持っていること。それが、「面白い」生き方の基本だ、と思う。

父が描いた奇妙な絵

面白いものを追いかけてきた人生だった。

小学生の頃から工作が大好きで、いつもなにかを作っていた。両親には、そんな趣味はないし、親戚や近所の誰かの影響を受けたわけでもない。工作好きの人は周囲に一人もいなかった。いったい何が切っ掛けだったのか、思い出してみても全然わからない。

しかし、一つだけ心当たりがある。

幼稚園の年少のときだったと思う。僕が、紙に描いた絵をハサミで切る遊びをしていたら、父親が「なにか作ってほしいものがあるか?」ときいた。僕は少し考えてから「電車」と答えた。親戚の家に行くときに電車に乗ったので、それを覚えていたのだ。

慣れ親しんだものではない。ただの一回だけ見た、というものだった。

父は、建築の設計士で、家の片隅に製図板を置いて、そこで図面を描く仕事をいつもしていた。たまたま、仕事が終わり、一段落した時間だったのだろう。

僕の要求を聞いた父は、画用紙をその製図板に貼り付けると、定規を使って電車の絵を描いた。定規で描くから、線が真っ直ぐだ。それがとても羨ましく感じた。

しかし、そのあとの展開が、僕には衝撃的だった。

父が描いた絵は、僕が思ってもいなかった奇妙な形をしていた。電車らしき絵が二つあって、それをつなぐ四角があって、また電車の前面も二つ、何故か横向きに描かれていた。車輪は半分だけあって、それは横から見たときの絵に含まれている。

次に父は、それに色鉛筆で色を塗った。僕はじっと、横でそれを見つめていた。いったいこの変な絵は何なのだ、と思ったけれど、父はとても恐いので、気軽に話しかけることはできない。昔の父親というのは、そういう存在だったのだ。

展開された「面白さ」

出来上がった絵は、それでお終いではなく、父はそれをハサミで切った。全部切り終わったあと、その変な形を、定規を使って綺麗に折り曲げた。最後には、小さな部分に糊《のり》を塗って、電車を箱形に完成させたのだ。

描かれていたものは、展開図だった。小さな部分は、のりしろだったのだ。展開図というものの概念さえまだない僕には、これは魔法に見えた。

それ以前に、「どうしたら、ぺしゃんこの絵が、本物みたいに立体になるのか」と考えたことがあったけれど、もちろん「立体」という言葉もわからない頃だ。とにかく、この電車の衝撃と感動は、今でも鮮明に覚えている。

ちなみに、父が息子のためになにかを作ってくれたのは、この一回きりである。二度と同じ奇跡は起こらなかった。でも、そのノウハウを僕はしっかりと覚えていて、そのあとは、何度も自分でその「展開図」を試した。最初は、箱形だけだったが、だんだんいろいろな形を作ることに成功したのである。

「突き放し」の教育？

たぶん、工作が好きになったのは、この父の一回きりの奇跡の指導と、そして、その後の完璧な「突き放し」にあったのだろう。父が、同じような工作を何度も見せてくれたら、僕は自分でやろうとは考えなかったかもしれない。

「面白さ」というのは、最初は誰かからもらうものだ。人は、生まれたときには「面白さ」を知っているわけでもないし、その作り方も知らない。幸い、周囲には沢山の人たちがいて、彼らの行動を見て、笑ったり、泣いたりしながら、沢山のことを学ぶことができる。だから、環境の影響は大きいだろう。

僕の母は、非常に教育熱心な人だった。漫画もおもちゃも一切買ってもらえなかったが、工作のための道具は、ほぼ無条件で買ってもらえた。欲しかったら、自分で作りなさい、とよく言われたものである。

工作少年の日々

僕は小学四年生のときに、家にあった材木（建築業だった父の仕事で余った廃材だったらしい）を使って、自分が住むための小屋を建てた。夏休みの工作だった。実際にそこに寝泊まりもした。

壊れた自転車をもらってきて、人力自動車も作った。飛行機に興味を持ち、大きなグライダも作っていた。家の屋根の上から投げて飛ばすのだが、他所の家の庭に入って、謝りにいったことがある。

電気店の横に壊れたテレビやラジオが捨てられていたので、店の人にお願いして、部品を取らせてもらった。それで、無線機を作った。これも小学生のときだ。電波を出すには免許が必要だったので、六年生のときに国家試験を受けてアマチュア無線技士の免許を取得した。中学になると、無線機を小型化することができて、自転車に積み込んで、走りながら無線を楽しんだ。

四キロ離れた友達の家へ無線でモールス信号を送る実験にも成功した。だが、このときには、近所のテレビの画面が真っ白になったらしく、真空管に茶缶を被せて対処をした記憶がある。

勉強が「面白い」と初めて感じたとき

大学は工学部の建築学科に入ったが、これは父の影響だった、と思う。ただ、跡を継ぐことはなく、大学院を修了したあと、近県の大学の助手に採用され、国家公務員になった。就職とほぼ同時に結婚もして、海に近い借家で新婚生活となった。

この結婚した相手は、大学生のときに知り合った人で、漫画を描いて同人誌を出したら、遠いところから手紙が来て、会ったのが最初だった。以来四年ほどの遠距離恋愛ののち、就職して自立できたため、結婚することができた。

大学での研究は、もの凄く面白く、それまでの工作は一旦お休みになった。新婚だったのに、ほとんど家に帰らなかった。土日も祝日も盆も正月も大学にいた。一日十六時間くらい勤務していた。こんなに面白いものがあったのか、という体験だった。

ちなみに、勉強は大嫌いだったので、高校時代はほとんどしなかった。一番勉強したのは、就職してからだ。なにしろ、学生に教えなければならない立場になり、講義の予習もした。もちろん、一番の勉強は研究テーマについてだった。知りたいことが沢山あった。知りたいと思っている人間には、勉強が「面白い」ということを初めて理解することになった。

「仕事」というものを意識したとき

ときどきだが、寝る間を惜しんで、夜中に模型飛行機を作り、朝の四時頃の海岸でそれを飛ばした。五分間ほど飛ばしたら、家に帰り、すぐに出勤した。三時間くらいしか寝ていなかったのではないだろうか。なにしろ、研究も飛行機も面白すぎた。

もちろん、研究が一番難しく、そしてその分面白さも大きかった。二十代は特にエキサイティングだった。このときの成果で博士号を取得し、母校から呼ばれて転勤して、そこで助教授に昇格した。これが、僕にはがっかりの出来事だった。助教授というのは、自分の研究室を持つポストだ。責任が伴い、講義も正式に担当しなければならない。研究に無関係な委員会や会議も増える。

助教授になってから数年で、この仕事に厭きてしまった。研究自体は相変わらずとても面白いのだが、それ以外の雑務が多すぎて、研究に時間が取れない。ようやくこの頃になって、これは「仕事」なのだ、と理解した。

「面白さ」の実現のため、バイトをすることに

三十代の後半に、新しい仕事をしようと考え、小説を書いた。これは、趣味の夢を実現するための資金を稼ぐことが目的だった。

大学の仕事があるので、夜間しか時間はない。十二時くらいに一度寝て、一時間半ほどして起きて、そこで三時間くらい執筆する。朝は二時間くらい寝てから出勤する、という方式で、執筆時間を捻出した。

運良く、小説家としてデビューすることができ、最初の年から大学の給料を上回る印

税をいただけるようになった。その後も印税はどんどん増えて、大学の給料の二十倍近くにもなったが、それでも、勤務を続けていた。約十年間は、大学と作家を兼業していたことになる。

金は儲かるが、「面白く」はない。そもそも、「面白い」ことをするためにバイトを始めたのだから、生活をなんとか改めよう、と考えるに至った。

四十代後半になり、ようやく大学を辞める決意をし、後片づけに数年かけたのち退職した。ちょうどその頃に、両親も亡くなり、子供たちは成人し、社会人として独立したので、夫婦と犬で遠くへ転居することにした。

「面白さ」のために邁進する日々

大学を辞めたときに、同時に作家としても引退宣言をして、仕事を減らした。今では一日に平均一時間以内しか仕事をしない。残りのすべての時間を、趣味のため、面白いことのために、自由に使っている。

以前からやりたかった「面白い」こと、また新たに見つけた「面白い」ことを、すべて一つずつ試し、実現している。さらにもっと「面白い」ことはないか、と常に探し続けている。

不思議なもので、「面白さ」というのは、成し遂げるとそれで終わり、というものではなく、さらなる「面白そう」なことが目の前に現れる。本当にキリがない。

僕は、たった一人で「面白い」ことを毎日している。若いときに苦労をかけた奥様（あえて敬称）も一緒に住んではいるが、彼女は、彼女の「面白さ」で手一杯のようで、何をしているのか、よく知らない。遠くから、お互いに眺める程度の関係だ。よく「家族の理解」などという人がいるけれど、「理解」なんていらない。それぞれが好きなことをすれば良い、というだけ。迷惑をかけない程度の配慮と、協力を求められたときに笑顔で応じることくらいで良い、と考えている。

ただ、それぞれが自分の面白いことをしていれば、自然に笑顔になるから、その笑顔を見るだけで、お互いに気持ちが和《なご》むだろう。犬が楽しそうに走り回っている姿を見れば、こちらも楽しくなる。それと同じ道理だ。

森の中の静かな生活

今住んでいるところは、晴天の日がほとんどで、一年を通して非常に過ごしやすい土地である。クーラは必要ないし、冬は床暖房のおかげで二十四時間、家中が室温二十℃に保たれている。工作をするには、絶好の環境だ。

庭園は、ほとんど森林の中にある。僕一人で、そこに線路を敷く工事をしている。現在、線路の総延長は五百メートル以上にもなった。少し小さめの鉄道だ。それをほぼ毎日運転し、庭を一周してくる。野鳥は沢山いるし、蝶も飛んでいる。リスも走り回っているし、ときどき狐を見かける。うちの犬たちは、庭で放し飼いだが、普段は家の中に一緒に暮らしている。夜は同じ部屋で寝ているので、ときどきベッドにも乗ってくる。

僕は、もう五年ほど、旅行というものをしていない。バスや電車に乗っていない。出かけるのは、ドライブくらいで、これも趣味の一つだ。買いものは、ほとんどネット通販になったし、外食もしないので、出かけていく理由がなくなった。

考えてみても、行きたいところはない。自分の家と庭が一番いたい場所である。作りたいものはいくらでもあって、作りかけのものが二十以上ある。何年も遅々として進まないプロジェクトもあるけれど、ときどき「どうしようか」と考えるだけでも面白い。

そういった、沢山の「面白さ」に囲まれて生きている。

誰かが、僕にこの「面白さ」を恵んでくれたのではない。

父も母も、買ってくれなかった。

若いときの僕も、買えなかった。

結局、買えるものではなく、自分で作るものだ、と知った。

それらがようやく作れるようになり、今頃になって面白がっている。

子供のときにやりたいと思ったこと、面白そうだと思ったことを、今実現している。

小さかった頃の自分に、「ほら、面白かった」と伝えている気持ちだ。

夢と希望よりも、計画と作業を

僕は、運良く、こんな生活ができるようになったが、これは、突然舞い込んだ幸せではない。ずっと計画をし、やりたいことを実現するために、やるべきことをしてきた。設計図を描いたら、そのとおりに一つ一つ部品を作っていく。毎日、少しでも良いから、なにかの工程を進める。

そうすることで、設計図に描いたものが、ある日、目の前に出現するのだ。

これは展開図が電車になった「魔法」に似ている。

だが、手品ではない。緻密な計算と作業の結果だ。

もし、今あなたの前に、そういった素敵な「魔法」が現れないとしたら、それは、最初の設計図がないからである。設計図を描いてから、それを作る作業に何年も何十年もかかる。農作物のように一年でできるものではない。あれも、実は畑を作るのに何年もかかっている。

まずは、設計図を描くこと。細かいことは途中で書き足したり、修正すれば良い。大事なことは、全体の大まかな方向性と、実現可能な目標だ。

「夢」という言葉は、あまり好きではない。夢は夜に見るもの。現実ではない。

「夢」も「希望」も、あってても良いが、べつになくても良いものだと思っている。

必要なものは、ずばり「計画」であり、「作業」である。

実物の、建築も都市も、ピラミッドも万里の長城も、すべて「夢」や「希望」でできているのではなく、人間の「計画」と「作業」で実現したものだ。

あなたの設計図は、あなたにしか見えない。他者を巻き込まないで、自分一人で、その設計図を実現するために作業を始めよう。

「面白さ」とは、そういうものだ、と僕は思う。

森　博嗣（もり ひろし）

1957年、愛知県生まれ。作家。工学博士。某国立大学工学部助教授として勤務するかたわら、1996年に『すべてがFになる』で第１回メフィスト賞を受賞し、作家としてデビュー。以後、次々と作品を発表し人気作家として不動の地位を築く。現在までに300冊以上の著書が出版されている。

面白いとは何か？
面白く生きるには？

著者 森 博嗣

2019年9月25日 初版発行

発行者 横内正昭
編集人 内田克弥
発行所 株式会社ワニブックス
〒150-8482
東京都渋谷区恵比寿4-4-9えびす大黒ビル
電話 03-5449-2711（代表）
03-5449-2734（編集部）

装丁《ブックデザイン》 小口翔平＋喜來詩織（tobufune）
橘田浩志（アティック）
校正 玄冬書林
編集 内田克弥（ワニブックス）

印刷所 凸版印刷株式会社
DTP 株式会社 三協美術
製本所 ナショナル製本

ISBN 978-4-8470-6625-2
ワニブックスHP http://www.wani.co.jp/
WANI BOOKOUT http://www.wanibookout.com/